LUCONI
pelo espírito ÁSPARGOS

Cipriano

nem bruxo, nem santo, apenas
— um servo de DEUS —

ARUANDA
· livros ·

Rio de Janeiro | 2019

Texto © Luconi, 2009
Direitos de publicação © Editora Aruanda, 2019

Direitos reservados e protegidos pela lei 9.610/1998.

Todos os direitos desta edição reservados à
Aruanda Livros
um selo da EDITORA ARUANDA EIRELI.

1ª reimpressão, 2022

Coordenação Editorial Aline Martins
Preparação Andréa Vidal
Revisão Iuri Pavan
          Editora Aruanda
Design editorial Sem Serifa
Ilustrações André Cézari
Impressão Eskenazi

Texto de acordo com as normas do Novo
Acordo Ortográfico da Língua Portuguesa
(Decreto Legislativo nº 54, de 1995)

Dados Internacionais de Catalogação na Publicação (CIP)
de acordo com ISBD
Bibliotecário Vagner Rodolfo da Silva CRB-8/9410

A838c   Áspargos (Espírito)
        Cipriano: nem bruxo, nem santo, apenas um
     servo de Deus / Áspargos (Espírito), Luconi.
     - Rio de Janeiro, RJ : Aruanda Livros, 2019.
     128 p.; 13,8cm x 20,8cm.

     ISBN 978-65-80645-03-9

       1. Umbanda. 2. Psicografia.
     3. Ficção religiosa. 4. Umbanda.
     I. Luconi. II. Título.

                               CDD 299.6
2019-1919   CDD 299.6

[2022]
IMPRESSO NO BRASIL
https://editoraaruanda.com.br
contato@editoraaruanda.com.br

Dedico este livro a meus pais, Giordano Luconi e Odete Rosa Gobbi Luconi, a meu irmão, Antonio Luconi, e a Edson Luiz Cerqueira Tavares, meu companheiro de todas as horas — todos já na verdadeira pátria.

Agradeço a meu filho, Luciano Luconi Popi,
pelo apoio, a Eveline Luconi Popi e Camila
Luconi Cerqueira Tavares pelo constante
incentivo e a todo o povo espiritual, que
sempre me sustenta em minha jornada.

Cipriano
nem bruxo, nem santo, apenas
— um servo de DEUS —

Apresentação

Caro leitor, este é um livro espiritualista fruto de psicografia. O intuito de sua publicação é desvendar os mistérios que envolvem o irmão Cipriano de Antióquia, assim como esclarecer aos leitores quais são as consequências inevitáveis para aqueles que, cegos pelo poder e pela vaidade pessoal, se voltam para o Baixo Espiritismo com a finalidade de facilitar a própria vida ou de obter ganhos materiais.

Os registros sobre a vida de Cipriano de Antióquia se contradizem e se misturam com os da vida de São Cipriano de Cartago, conhecido como "o papa africano". Em alguns desses registros, nem a data de sua passagem pela Terra coincide. Mas, para situar melhor o leitor no tempo e no espaço, apresentarei a seguir uma rápida biografia de Cipriano de Antióquia com base nos registros que constam de alguns arquivos históricos.

Nascido em Antióquia por volta do século iii d.C., Cipriano era filho de pais ímpios que o consagraram muito cedo ao deus greco-romano Apolo. Tornou-se filósofo e mago de renome, dedicado à prática da magia negra. Devido aos seus estudos, viajou a diversos países, onde tomou conhecimento de diferentes culturas e sistemas de magia.

Cipriano dizia ter feito um trato com o príncipe das trevas e, desde então, alcançado um poder tal que o tornara invencível. Em sua trajetória, deixou atrás de si um rastro de maldades, prejudicando muitas pessoas. Mesmo assim, tinha vários adeptos, e muitos se tornaram seus discípulos, a quem ensinava magia negra. Agiu assim por muitos anos, até que cruzou seu caminho a jovem Justina — mais tarde, Santa Justina —, que venceu todos os malefícios que Cipriano tentou fazer a ela. Certo de que o Deus de Justina era maior que o príncipe das trevas, converteu-se ao Cristianismo, dedicando-se à religião de tal forma que logo foi proclamado bispo.

Arrependido de todo o mal que havia causado, passou a pregar o Cristianismo com o auxílio de Justina. Por isso, os dois foram perseguidos, torturados e mortos por decapitação sob ordem do imperador romano Diocleciano.

A Igreja Católica canonizou Cipriano e Justina. Como ambos foram torturados e morreram em nome de Cristo, alegava ser costume que recebessem, como todos aqueles que pereciam dessa forma, o estatuto de santo. Assim, a partir do século XIII, o calendário da Igreja Católica teve uma data dedicada a São Cipriano de Antióquia e Santa Justina. No entanto, em 1969, São Cipriano de Antióquia foi retirado desse calendário e, em 2001, do Martirológio Romano.*

Essas são as informações a que tive acesso ao pesquisar a história de Cipriano de Antióquia. Neste livro, vou contar não só como foi sua verdadeira vida em Terra, mas também como se deu seu retorno ao mundo espiritual, onde, até hoje, continua lutando para anular as consequências do mal que fez quando encarnado.

Luconi

---

* Catálogo de santos e beatos honrados pela Igreja Católica.

Cipriano
nem bruxo, nem santo, apenas
— um servo de DEUS —

Prefácio

Convido você, meu irmão, a deixar os olhos percorrerem as páginas deste livro e a tomar conhecimento da sina de um valoroso espírito.

Garanto que, se colocar de lado julgamentos preconcebidos e abrir seu coração, sentirá a sinceridade do depoimento do irmão Cipriano de Antióquia, que apenas deseja anular os malefícios que um dia praticou, conscientizando, de uma vez por todas, aqueles que se intitulam seus seguidores e levando-os a desistir de fazê-lo. Ao contar sua história, Cipriano pretende resgatar as muitas vítimas que fez graças a sua vigarice e que, quase 1.700 anos depois, alguns encarnados continuam fazendo em seu nome, utilizando livros que dizem ser de sua autoria e cujo conteúdo, na verdade, em grande parte foi modificado.

Cipriano esperou muito tempo até poder passar adiante estes escritos, até ser autorizado a contar sua história e sua real condição na espiritualidade. Essa ideia já pairava em sua mente, mas esperava o Espiritismo fincar suas bases e, depois, a hora certa de a humanidade receber seus escritos, para que encontrassem terras férteis. Tudo isso demanda tempo, muito tempo.

Por fim, era necessário encontrar um médium que não tivesse preconceitos religiosos, que fosse, de preferência, anônimo no meio em que atuasse, que aceitasse verdadeiramente em seu coração todas as religiões voltadas para o bem e cuja fé viesse de dentro para fora. Além disso, não tendo o dom da vidência, deveria crer por meio do sentir e ter plena convicção de que a fé em Deus é a maior arma que existe, que ela basta para nos defender de qualquer mal.

Iniciou-se a busca, mas a maioria dos médiuns com o dom da psicografia é voltada para o Espiritismo e, infelizmente, grande parte alimenta preconceitos em relação a outras linhas de manifestações espirituais. Outro ponto importante é que era preciso um médium que, embora não lidasse com magia na encarnação atual, devia tê-la em sua linhagem encarnatória. Localizamos alguns médiuns assim, mas a maioria guardava certo preconceito ou certa mágoa com relação à religião de Allan Kardec. Não sobrou quase ninguém, pois os que não se se opunham já eram muito conhecidos no meio religioso.

Decidimos acompanhar, então, a caminhada de três médiuns que já psicografavam tanto mensagens de irmãos da Umbanda como mensagens de irmãos do Espiritismo. Devo dizer que esse tipo de médium é raro, por culpa dos próprios médiuns, que, aceitando esta ou aquela linha de trabalho, não abrem sua visão, tornando-se um tanto radicais. O máximo que fazem — quando fazem! — é respeitar a linha que não escolheram para trabalho.

No decorrer dos anos, percebemos que a médium que psicografou esta obra, apesar dos vários entraves em seu caminho, provocados por suas muitas imperfeições (como as de todo espírito em evolução), trazia no coração um amor raro de se ver. Sua linhagem guardava não apenas a magia de seu passado, mas ela também havia absorvido muitos outros mistérios. Assim, ela se tornou a escolhida. A partir dessa escolha, precisávamos prepará-la para aceitar a missão. Agradecemos aos espíritos que trabalham na linha da Umbanda, pelos quais ela tem um amor muito especial, por atuarem junto dela para que aceitasse.

Enfim chegou o dia tão esperado pelo irmão Cipriano, que abriu sua memória milenar para pôr em prática seu ensejo. Os mentores da Linha Branca da médium, acostumados a passar para ela suas mensagens e as dos irmãos da Umbanda, ajudaram Cipriano a compilar da melhor maneira possível sua história e as mensagens que ele gostaria de transmitir, e ele finalmente teve permissão para isso.

Dito este prefácio deveras emocionado, porque assisti, ao longo de muitos séculos, à luta ímpar do irmão Cipriano. Percebo, agora, que esse feito será um marco importantíssimo na jornada espiritual dele e plantará boas sementes em muitos corações desavisados. Sinto-me muito honrado e só tenho a agradecer ao meu amigo por permitir que eu compartilhe desse momento único.

Obrigado, Pai, pelo irmão que está de mente e coração abertos para entender a mensagem trazida por este livro. Que Cristo o ilumine!

Ave, Cristo!

Áspargos

Cipriano
nem bruxo, nem santo, apenas
— um servo de DEUS —

1

ALGUNS ESCLARECIMENTOS

Poucos provavelmente serão aqueles que realmente entenderão este relato. Bem menos serão os que, apesar de entenderem a mensagem, o conteúdo em si, acreditarão que sou eu. Mas está tudo bem. Isso não importa, pois sei que, à medida que cada pessoa chegar a certo nível de entendimento, terá a venda dos olhos levantada e a verdade da Luz prevalecerá. O importante é que a médium que está psicografando este relato, acreditando ou não que sou eu, sabe que a história que estou prestes a contar é verídica e que a mensagem é muito válida.

Estou aqui como tenho muitas vezes estado no astral terreno. Ainda tenho um gênio terrível e continuo me revoltando com hipocrisias, me irritando com algumas situações em que meu nome é envolvido. Bem afirma o ditado popular: "Quem bem faz a cama bem nela se deita." E que cama de espinhos foi essa que fiz!

❧❈❧

Na minha última reencarnação, vim à Terra para quitar dívidas adquiridas em um passado distante. Contraí essas dívidas porque, na vida a que me refiro, me voltei para a magia negra e, na magia negra, desencarnei. Causei muitos malefícios ao povo da região em que vivi, e isso gerou dívidas imensas, que só quando um dia retornasse com os mesmos poderes de magia, mas os usasse exclusivamente para a Luz, poderia saldar.

Minha grande queda ocorreu por volta do ano 830 a.C., pouco mais de um milênio antes de minha última vida terrena. Devido a essa queda, meus padecimentos foram muitos. Voltei à Terra reencarnado três vezes no decorrer do milênio. Abraçava todo tipo de resgate; tinha pressa, muita pressa. Eu precisava desesperadamente subir, evoluir, para poder alcançar meu filho amado, que se encontrava perdido e precisando de auxílio.

Doía muito o fato de ter sido eu o culpado por apagar a réstia de luz que havia em seu espírito — eu não me perdoava. Aos poucos, fui aprendendo, ou melhor, reaprendendo as leis imutáveis do Pai. Existia certo acordo: quando estivesse pronto, eu teria a oportunidade de recolher meu amado filho. Enquanto isso não acontecesse, seu emocional seria retorcido, e, consequentemente, seu mental seria transfigurado.

Nas três vezes em que vim, não me foi permitido trazer nenhum tipo de mediunidade, a não ser a intuitiva. Duas dessas encarnações foram relativamente curtas: em uma delas, deixei o corpo físico aos 12 anos; na outra, desencarnei aos 35. Só na terceira fiquei na Terra até quase os 90 anos de idade.

Havia, enfim, conseguido me preparar para a grande prova. Então, por volta do ano 250 d.C., tendo a espiritualidade maior constatado que minhas bases estavam sólidas, permitiram meu retorno.

Cipriano
nem bruxo, nem santo, apenas
— um servo de DEUS —

~•⚛• 2 •⚛•~

UMA NOVA VIDA

Minha missão havia sido traçada com minúcias. Nada foi feito à minha revelia: participei de todo o projeto, conhecia cada dificuldade, sabia que seria extremamente difícil. Contudo, se eu não caísse na armadilha das trevas e aguentasse firme vibrando no amor — que sempre deve falar mais alto —, toda e qualquer dificuldade, todo e qualquer desvio de caminho me levariam sempre à minha missão.

E essa missão consistia em uma única coisa: plantar a semente do amor — a semente do Nazareno — no coração de um povo idólatra.

Para isso, reencarnei em uma região onde os deuses eram idolatrados, e não apenas com simples reverências. As pessoas praticavam sacrifícios de animais em seus altares e, de tempos em tempos, ofereciam sacrifícios humanos. Em geral, esses sacrifícios eram feitos às escondidas, principalmente depois de o país ter sido dominado por Roma.

Fui gerado por pais idólatras que não faziam parte da plebe cega. Eles participavam das cerimônias fechadas em que os sacrifícios eram realizados. Quando o sacrifício era humano, a vítima era uma virgem ou uma criança inocente — era terrível! As virgens e crianças ofertadas provinham ou de povos inimigos ou de famílias que haviam caído no desagrado dos sacerdotes e, por consequência, do governador. Em alguns casos, os demais membros da família eram exterminados ou feitos escravos.

Já os filhos de escravos não eram bons candidatos a tais sacrifícios. Era necessário que a vítima fosse livre e feliz — segundo os sacerdotes, assim "os deuses determinavam".

Voltando à minha família, nasci entre pessoas que compactuavam com tudo isso e, o que era pior, o faziam de livre e espontânea vontade, achavam que tudo isso era certo. Mesmo com essa forma errada de ver e sentir as coisas, meus pais me amavam muito, e era exatamente nesse ponto que minha missão deveria começar, pois amor é amor, não importa de quem venha. O amor é sempre uma porta aberta para que entremos e plantemos a boa semente.

❧❀❧

Meus poderes de sensitivo apareceram quando eu era ainda muito pequeno. Para mim, a clarividência e a telepatia com os espíritos eram normais. Eu não questionava, pois aquilo fazia parte da minha vida desde que me dera por gente. Imagine, então, o que eu via em um lar que se entregava ao mal daquela forma... Mas eu não tinha medo. No meio daqueles demônios todos, sempre via um espírito cuja luz era tão grande que chegava a cegar e fazê-los se encolher diante de sua presença. Nunca cheguei a ver a face daquele espírito luminoso quando eu estava encarnado. Sua luz ofuscava minha visão, e eu só enxergava o brilho intenso ou, inúmeras vezes, ouvia sua voz calma e carinhosa, que tanto bem me fazia.

Naquele tempo, eu ainda não sabia, mas a luta das trevas para reacender em mim meus antigos instintos era grande. Não podiam permitir que o bem se edificasse dentro de mim. Precisavam agir rápido antes que eu envelhecesse e passasse a ter mais discernimento.

Como eu disse, tinha vindo à Terra para plantar a semente do Deus vivo, que jamais pereceria depois de semeada. Muitos espíritos que já haviam iniciado seus caminhos evolutivos e outros que estavam em franca evolução dependiam de mim.

Minha luz deveria partir do covil dos lobos. Nem todos se converteriam, mas todos teriam a oportunidade de fazê-lo. Eu tinha vindo para acabar com o poder das trevas — que reinava sobre um povo oprimido e, em sua maioria, ignorante dos verdadeiros valores da vida — sobre espíritos fracos, que, de algum modo, já tinham dívidas a acertar com a humanidade e sofriam por isso. A partir de mim, começariam a erguer a venda que os tornava cegos e passariam a lutar em nome da luz e pelo bem de todos à sua volta.

Cipriano
nem bruxo, nem santo, apenas
— um servo de DEUS —

A QUEDA

Antes do reencarne, quando aceitei minha missão, eu já tinha plena noção do que era o bem. Já não queria salvar apenas o meu filho; a semente do Amor Universal estava brotando em mim, então eu queria tirar das trevas o maior número de irmãos possível.

Retomando minhas origens, fui criado num lar abastado e totalmente materialista, voltado para a aquisição de poder, com pais acostumados a pisar nas cabeças humildes. Eles consideravam os subalternos, a plebe e, principalmente, os escravos criaturas piores do que os animais, que, por sua vez, eram cercados de cuidados, já que eram úteis financeiramente, na guarda da propriedade, como meios de transporte e até mesmo para a satisfação de suas vaidades, como era o caso de alguns gatos.

Se aos animais era imposta a morte, esta costumava ser rápida, a não ser em casos de feitura de magia negra e escusa, em que o sofrimento e a agonia dos pobres bichos eram lentos e extremamente cruéis.

Já os subalternos, a plebe e os escravos estavam destinados a passar fome — as crianças destes, a morrer à míngua —, a ser chicoteados e torturados, a ter os dentes e a língua arrancados, os olhos furados e, às vezes, os membros cortados e jogados no deserto. Em alguns casos, eram marcados com ferro em brasa, atirados em fogueira — algumas vezes, apenas a parte inferior de seus corpos era queimada e, depois de destruída, abandonada. A maioria deles não conseguia sobreviver. Morriam aos poucos, devido às infecções que tomavam conta das partes do corpo que sobravam.

Era esse o povo que eu deveria ajudar, levando a eles um pouco de luz, plantando a semente de Deus. Eu já havia começado a semeadura aos 6 ou 7 anos de idade, dentro de casa, mas não consegui levar minha missão adiante por muito tempo. Logo que minha pobre mãe ("pobre" pela ignorância com relação à maldade) percebeu que eu estava sendo tocado pelo sentimento de pena por uma criança que padecia os horrores das doenças trazidas pela fome, foi ao templo e expôs a situação para o magnânimo sacerdote, que imediatamente apresentou uma solução:

— Cortemos o mal pela raiz. Está com dó do infante? Pois então prenda seu filho a ferros, ponha o infante em seu lugar no leito e vista-o com as roupas dele. Depois, leve o infante à frente dele e faça-o cuspir na cara de seu filho e urinar em sua boca para matar-lhe a sede.

De início, minha mãe mostrou-se relutante, pois temia que eu adoecesse. Mas, ao colocar meu pai a par da situação, ele não teve dúvidas e pôs em prática a recomendação do sacerdote.

Meu pai também resolveu dar uma forcinha a mais: prometeu àquele pobre menino que libertaria seus pais e lhes daria boa porção de terra. Disse-lhe que eu estava mentalmente doente e que era preciso curar-me, que aquilo que estava prestes a fazer seria exclusivamente para o meu bem. E assim foi feito. Claro que não precisou de muito para eu sentir ódio do pequeno, que tinha quase a minha idade.

Passei a noite ao relento. Se à noite sentira frio, de manhã comecei a sentir muita sede, pois o Sol estava rachando minha cabeça.

Eu não entendia o que estava acontecendo. Meu pai havia apenas me entregado aos guardas dizendo que eu precisava aprender o lugar certo das coisas.

Ao meio-dia, meu pai trouxe o tal menino, que estava vestindo minhas roupas. Primeiro, ele cuspiu em meu rosto. Depois, meu pai mandou os escravos abrirem minha boca, e ele mijou ali. Quase sufoquei com o mijo! Então, sem que eu soubesse, o menino disse as palavras que meu pai havia ensinado a ele:

— Tome, verme! Nasceu com o poder... Pensa que tenho dó de você? Jamais! Aqui me vingo de tudo o que já sofri nesta vida. Adoraria chicoteá-lo na frente da corte, dos sacerdotes e da plebe. Vê se morre logo, pois seu lugar já tem dono!

Uma luta imensa estava sendo travada nos bastidores entre a luz e as trevas. Energia negativa chama energia negativa, dá-lhe força. Não é preciso dizer que eu já odiava muito — muito mesmo! — aquele verme que queria meu lugar.

Aos poucos, a luz que eu costumava ver junto aos demônios foi apagando. Ainda ouvi sua voz doce, mansa, amorosa a dizer-me:

— Sua mãe já vem vindo. Ela está se debulhando em lágrimas. Não diga nada, apenas espere por ela.

Mas eu não queria saber de ouvi-la. Eu a rejeitei e, então, passei a ouvir outra voz soando forte em meus ouvidos:

— Covarde! Tem com você o poder. Entregue-se a ele, que, um dia, fará um pacto maior e será mais do que o imperador, pois o terás em suas mãos.

Olhei para o menino e comecei a gritar:

— Eu mato você! Eu mato você com minhas próprias mãos.

Meu pai começou a gargalhar. Soltou-me e disse:

— Mata, filho. Mata!

Pulei sobre o menino e bati nele o máximo que pude. É lógico que ele não se defendeu, pois os guardas o mantinham deitado, segurando suas mãos e pés. Até que o pobre desmaiou.

Meu pai deu-se, então, por satisfeito:

— Filho amado, somos o que somos porque os deuses assim o permitiram. Não recuse essa dádiva! Esses infelizes têm o que seus antepassados cavaram para eles com as próprias mãos: desacataram os deuses, não foram fiéis a eles, venderam-se a outros deuses... Hoje, todas as gerações pagam por isso e vão continuar pagando até que a ira dos deuses se aplaque. Só então poderão ter alguma oportunidade na vida.

Não é preciso dizer que aquele pobre infeliz foi julgado por ter aceito ultrajar um nobre. Minha família disse ao sacerdote que não deveriam deixar livre alguém que tripudiara sobre mim, mesmo que sob ordens de meu pai. Como já havia se espalhado a notícia de que a família do menino seria liberta e meu pai precisava manter a credibilidade, por ter dado sua palavra ao pequeno, foi decidido que ninguém ficaria sabendo do castigo, nem minha própria família.

Meu pai cumpriu o prometido, dando à família do menino uma propriedade distante da nossa. Contudo, ainda no mesmo ano, assim que o caso estava começando a cair no esquecimento, enviou soturnamente alguns servos para atear fogo à propriedade durante a noite, enquanto o menino e sua família dormiam. Todos morreram queimados, e o orgulho de minha família ficou a salvo.

Depois desse evento, entendi que era melhor ser senhor do que ser plebe. Entendi também que os deuses haviam me agraciado e que, se a plebe tivesse o poder, faria as mesmas coisas a nós. Manter-se no poder era, portanto, uma forma de sobrevivência.

<hr />

E foi assim que eu cresci: não conhecia limites. Meu pai me dizia que eu precisava calejar o coração para não me compadecer de quem não pertencesse à nossa classe e mostrava várias formas de usar aqueles que eram inferiores a nós em meu próprio proveito.

A lei era a do "olho por olho, dente por dente". Àqueles que nos serviam direitinho atirávamos esmolas, não mexíamos com eles. No entanto, se olhassem torto para um de nós ou começassem qualquer tipo de confusão, de pronto os castigávamos. Os soldados romanos também se aproveitavam muito deles, por isso todos ficavam mais tranquilos quando havia alguma guerra em cujos campos de batalha os soldados podiam extravasar seus instintos animais e sua sede de sangue.

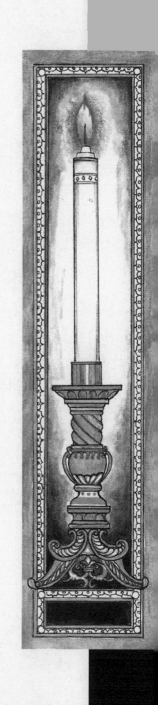

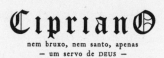

Cipriano
nem bruxo, nem santo, apenas
— um servo de DEUS —

4

OS ROMANOS

Com o domínio de Roma sobre o nosso território, nossos soldados foram designados para ficar a serviço dos sacerdotes nos templos e dos nobres em suas propriedades. Além deles, havia os soldados, centuriões e chefes de guarda e o exército romano, que dominava praticamente o mundo todo. Como nós, eles cultuavam diversos deuses, que, em certos aspectos, eram bem parecidos com os nossos.

Com o tempo, alguns dos deuses deles foram incorporados ao nosso panteão, a princípio por pura esperteza de nossos sacerdotes — afinal, eles dominavam o cenário político, e não éramos burros de criar qualquer antagonismo. Depois, começamos a pensar que, se os deuses deles os levavam à vitória, devia ser porque nós estávamos em falta com o plano superior. Quem sabe não era isso o que nossos deuses queriam, isto é, que passássemos a cultuar alguns dos deuses romanos? Assim, incorporamos alguns deles. Os mais aceitos, já em sua composição greco-romana, foram Febo ou Apolo, o deus do Sol — meu pai me entregou a fim de que eu desenvolvesse meus estudos ao templo de Apolo —, e Vênus ou Afrodite, a deusa do amor e da beleza.

Não era esse, obviamente, o Amor Universal que eu tinha vindo pregar — pelo menos nós não entendíamos dessa forma —, pois nossos pedidos eram execráveis, acionando o baixo espiritual da entidade representada por aquele deus ou aquela deusa.

Os romanos eram mais comedidos com a plebe. Não aceitavam o sacrifício humano, mas sempre havia, entre eles, alguém que se comprazia e se afinava com nossos antigos costumes.

Como a maioria das decisões relacionadas à justiça ficava na mão dos sacerdotes, que tinham sede de poder, o representante legal de Roma acabava sempre fazendo, de uma forma ou de outra, o que os sacerdotes e a aristocracia local desejavam.

Como eu disse, os romanos dominavam grande parte do mundo. Por sua vez, as demais regiões acabavam se dobrando devido a seu poderio econômico e ao respeito que tinham pelo exército de Roma, com o qual pretendiam ter relações cordiais. Por isso, todas as alianças eram bem-vindas. Em resumo, os romanos tinham nas mãos até mesmo aqueles que não dominavam.

Diga-se de passagem, os romanos eram extremamente fiéis a suas alianças e acordos. Eles até permitiam aos povos dominados que levassem sua vida dentro da normalidade, desde que agissem conforme as leis romanas, pagando o devido tributo. Permitiam, ainda, que esses povos tivessem leis internas e alguém responsável por elas, que, nesse caso, era sempre alguém ligado aos templos. Essa pessoa ficava encarregada de manter a ordem e abafar as revoltas.

De forma alguma se intrometiam na religião dos povos dominados, nem impunham seus deuses a eles. Na verdade, o que os romanos queriam mesmo era o ouro, o soldo, pago pelo povo para que pudessem viver do modo como estavam acostumados e serem deixados em paz.

Sem dúvida mais pobres, principalmente a plebe, os povos dominados eram compostos de pequenos agricultores, artesãos, comerciantes de pequeno e médio portes e servidores em geral, que não residiam com seus senhores, mas em moradas humildes.

No início, os grandes proprietários sentiram pesar o bolso. Mas, com o tempo, não só aprenderam a burlar os impostos, pagando menos do que realmente deviam, como também começaram a se aproveitar da desgraça dos pequenos agricultores que não conseguiam pagar seus tributos a Roma, incorporando suas terras, comprando-as em leilões ou dos proprietários falidos apenas pelo preço da dívida. Esses agricultores, além de perder tudo o que tinham, acabavam trabalhando para o próprio comprador e morando na propriedade que antes lhe pertencia. Enquanto isso, os grandes proprietários enriqueciam cada vez mais — ainda que pagassem muitos impostos a Roma, era graças a eles que aumentavam suas propriedades e sua renda.

Devo ressaltar que sempre houve aristocratas mais humanos, mas quase sempre eles estavam em maus lençóis e só podiam dar demonstrações de sua humanidade dentro de seus domínios, com seus servos e escravos. Publicamente, precisavam adotar uma postura calada, omissa, e não podiam se intrometer na vida local. Foram eles os primeiros a aceitar o Nazareno em seus corações, uma vez que o amor pelo próximo já fora plantado e dera frutos havia muito tempo, embora a história mostre os servos e escravos tendo feito isso antes.

Dentro de seus próprios lares, esses aristocratas tinham que agir com cautela, pois, como se diz, "as paredes têm ouvidos". Os servos e escravos, mesmo sendo tratados de modo digno, eram fiéis aos deuses locais e realmente acreditavam estar pagando por algo que seus antepassados haviam feito aos deuses. Assim, ao denunciarem seus senhores, estariam quitando a dívida com esses deuses e poderiam almejar uma condição de vida melhor, se não para si mesmos, para as gerações futuras.

Como se pode ver, é difícil falar apenas de minha vida. Para que seja possível entender o que aconteceu, é necessário dar um panorama do que se passava naquela época. Por isso, não estou me prendendo a descrições de locais, prédios ou templos, pois acredito que minha finalidade não é recontar aqui a história da civilização, que já foi escrita há muito tempo e, diga-se de passagem, cheia de falhas.

Cipriano
nem bruxo, nem santo, apenas
— um servo de DEUS —

5

INVERSÃO DE VALORES

Assim como meu pai desejara, com o tempo, meu coração começou a endurecer, e, aos poucos, meus valores, que tinham sido duramente trabalhados por um milênio, foram se invertendo novamente. E lá fui eu para o abismo da escuridão. E não tinha nada a ver com conhecimento, pois de ignorante eu não tinha nada, já que sempre me dediquei a estudar tudo o que fosse possível na época.

Meu pai me colocou para estudar no templo quando eu ainda nem tinha completado os oito anos de idade. Os sacerdotes me bajulavam, pois sabiam de meus dons mediúnicos — obviamente, naquele tempo não usavam esse nome, mas me achavam poderoso. Eles acreditavam que eu havia encarnado para dar novo ensejo à religião, elevando a força dos templos. Para os sacerdotes, ao me tornar emissário dos deuses e "controlar" a vontade deles, agradaria especialmente o deus Apolo, que poderia nos mostrar uma forma de nos livrar dos romanos e, quem sabe, como fez com Roma, de dominar o mundo.

No entanto, eu não me importava com quem estaria no comando. Voltava-me exclusivamente para os gozos terrenos e, é claro, para o estudo do que me permitiria manusear as forças da natureza, dominar as sete essências e, por fim, a mente humana. Aliás, era exatamente daí que vinha meu poder. Não existe milagre, creia você ou não. O que existe é alguém que sabe manipular as energias — as positivas e as negativas — e trabalhar a mente humana. Essa pessoa é capaz de direcionar seus dons para o bem das pessoas próximas ou, então, aproveitar-se das doenças que já traz em sua alma e fazer o que bem desejar com as vítimas.

Com tudo o que aprendi, somado aos meus dons mediúnicos, eu poderia ter feito bem a muitos, ter dobrado com candura os corações mais duros, levando-os a cultivar o amor ao próximo e a semear a fé em Jesus entre seus semelhantes. Mas eu não me interessava pelo Nazareno, pois, pelo que sabia, ele e a maioria de seus seguidores eram da plebe.

Diziam que Jesus tratou e curou a muitos, mas, naquele tempo, eu achava que ele era um embuste, que devia ter dons como os meus. A diferença entre nós é que eu tinha os deuses ao meu favor e que, de alguma forma, ele devia ter chamado para si a ira dos deuses — talvez com aquela história de um deus que o protegia, o tal Deus dos judeus, que era único e ainda por cima desconhecido. Nem imagem o tal "Deus" tinha. Na minha visão distorcida, eu acreditava que os deuses o tinham levado a converter as pessoas apenas para se divertir e, depois, para lhe dar uma lição, feito o que meus pais fizeram comigo. A plebe se revoltou, traiu o Nazareno, cuspiu em sua face, entregou-o ao açoite, à tortura, à humilhação e, então, à morte por crucificação. Ele recebeu uma lição como a minha, só que eu era da aristocracia e quem me ensinou foram os meus pais; ele era da plebe, e quem o ensinou foram os deuses.

Aquele mesmo Deus desconhecido, aliás, havia levado os judeus a muitas vitórias e, mais tarde, à escravidão eterna. Eu achava que os judeus haviam sido amaldiçoados por terem renegado os deuses para cultuar o Deus invisível. Jesus teria vindo à Terra com poderes para reconduzi-los aos deuses locais, mas não cumpriu sua missão e, por isso, as divindades o castigaram. Isso aconteceu para que os judeus se dividissem, seu Deus invisível perdesse a força e eles, enfim, se voltassem para os deuses verdadeiros.

Essa era a minha convicção no que se referia a Jesus, e, assim, me desviava de minha missão, do compromisso que eu havia assumido, justamente em nome dele, para fortificar e espalhar a sua semente de forma abundante.

Eu insistia em andar pelo caminho errado, cultivando apenas os prazeres fáceis da vida. Eu não desejava ser rei; os outros que reinassem! Meu objetivo era ter todos os reis em minhas mãos, eu lhes comandaria a cabeça. Desse modo, eu faria deles o que bem quisesse em proveito próprio, teria o que desejasse sem esforço, sem precisar travar nenhuma batalha.

❧❈❧

Amadureci muito, apesar da pouca idade. Uma das coisas que me davam mais prazer era fazer com que as pobres donzelas se entregassem a mim. Procurava, por vezes, entre as escravas e as jovens da plebe, mas preferia as de famílias abastadas, que, com meus sortilégios, fazia se curvarem a mim.

Mas não pense que as mais velhas me interessavam, não. Eu buscava apenas jovens de 13 ou 14 anos — às vezes, até mesmo as de 12. Ah, eu adorava aquela carne fresca! O corpo pequeno, o rosto ainda infantil... De início, traziam nos olhos um quê de terror que me enlouquecia, mas, após alguma beberagem e certo tempo de investida, o terror dava lugar ao brilho da luxúria.

Eu me lambuzava, as destruía em seu íntimo, era sujo, maldoso. Não era nem um pouco carinhoso com elas. Usava-as até enjoar e, depois, as devolvia a suas famílias. Como não queria deixar rastro de minhas aventuras, dava logo um jeito de lhes arrumar um noivo. Então, elas seguiam suas vidas, e eu me tornava um pesadelo eterno para elas.

Depois de algum tempo, cansei-me de ter as jovens à força ou com o subterfúgio das beberagens. Queria que elas me amassem, que me desejassem. Queria ver seus olhos súplices para possuir. Nem precisava mais fazer sortilégios para as famílias. As próprias jovens davam um jeito de fugir para se entregar a mim — claro que com a ajuda de certa magiazinha. Eu as iludia, me aproveitava de seus corpos até cansar e, por fim, as humilhava para, então, descartá-las.

Na verdade, eu não gostava da parte da humilhação, mas não sabia como me livrar delas. Depois que a terceira jovem se matou, decidi que voltaria a agir como antes e lhes arrumaria casamentos, mas, antes de qualquer coisa, arrumaria o noivo. Quando a jovem já tinha noivo, era melhor: eu usava e abusava dela e, em seguida, devolvia ao rapaz, assim elas não ficavam faladas. O noivo, é claro, tinha que aceitá-las de bom grado. O que ninguém sabia é que eu o procurava antes e fazia um acordo com ele: eu ficava com a virgindade da moça e, em troca, lhe dava algumas moedas de ouro que calavam sua consciência.

Algumas donzelas resistiam, mas eu tinha um jeito especial de alcançar meu objetivo. Tinha uns 16 anos, então aquilo tudo me dava um prazer imenso. Foi nessa época que fiz o famoso trato.

Cipriano
nem bruxo, nem santo, apenas — um servo de DEUS —

O TRATO

Existem muitas versões sobre o trato que fiz. Para mim, era um acordo entre amigos, acordo este que eu não romperia enquanto me fosse vantajoso. E eu realmente acreditava que acordo melhor que aquele não existiria nunca, pois ninguém deste ou de outro mundo me traria maior vantagem. O trato me oferecia tudo aquilo que eu mais desejava: poder, riqueza, respeito, o medo das pessoas e todas as mulheres que eu quisesse ter.

Na época, havia uma jovem que me opunha resistência, e meus brios ficaram afetados. Eu poderia tê-la à força, mas a queria em minha cama por livre e espontânea vontade.

É desnecessário dizer que a consegui da forma como queria — depois do trato, foi o primeiro presente que recebi. Não fiz nenhum sortilégio, mas sabia que meus amigos diabólicos tinham se esmerado no mental da pobre. Depois que a possuí, eles a abandonaram, por isso ela não conseguia entender como havia se entregado a mim, nem a paixão louca que sentira de repente e que se esvaíra como fumaça assim que passou o momento da entrega.

❦

Mas deixe-me explicar melhor como tudo aconteceu. Em primeiro lugar, o tal Diabo e tantos outros diabos que existem são seres trevosos, alguns com mais poder do que outros, dependendo da hierarquia conquistada no baixo astral. Em segundo lugar, existem muitos seres trevosos que, na verdade, são escravos de grandes senhores das trevas e estão a serviço deles. Esclareço também que o inferno não é um único plano: existem nove infernos, e, quanto mais endurecido na maldade for o ser, mais ele cai.

Em terceiro lugar, de burros os senhores das trevas não têm nada. Geralmente, salvo raras exceções, esses seres foram grandes magos que, em determinado momento, se voltaram contra a luz e abraçaram a magia negra; portanto, sabem manipular as energias como ninguém e sabem muito sobre a mente dos encarnados e suas fraquezas. Consequentemente, seus subalternos diretos também têm esse conhecimento, uma vez que são seus auxiliares e comandantes de suas falanges trevosas. Os escravos que fazem parte dessas falanges, mas ainda não sabem como as coisas ocorrem, vão aprendendo conforme o necessário nesta ou naquela atuação.

Além daqueles, as trevas também são compostas por espíritos que são alvo da vingança dos seres trevosos — de qualquer hierarquia, até mesmo escravos. Para garantir sua lealdade, seu senhor lhes oferece o vinho embriagador da vingança. Quando encarnados, os espíritos que são alvo desses seres vingativos tornam-se presas fáceis, uma vez que sofrem a atuação trevosa diretamente em seus pontos fracos. Os seres trevosos sabem exatamente quais são os defeitos das vítimas e como acioná-los — daí a máxima de Jesus: "Orai e vigiai".

Ademais, os seres trevosos sabem inverter as situações como ninguém, fazendo suas vítimas entenderem as coisas de forma distorcida, entregando-se às ações baixas e aos sentimentos negativos. Obviamente, se as vítimas não têm a base da lei do amor fortalecida, acabam se entregando e distorcendo as leis a seu favor. Sabem muito bem o que é certo e o que é errado, mas as leis passam a ser válidas apenas para os outros.

É claro que nenhum espírito reencarna desamparado. Existe toda uma equipe que o protege e lhe dá condições de alicerçar o bem dentro de si. Entretanto, como existe o livre-

-arbítrio, muitos espíritos escolhem ouvir as intuições que partem dos seres trevosos e, infelizmente, caem.

Quando esses espíritos desencarnam, têm muitas dívidas, e, por isso, a energia de seu mental é negra. Como eles se comprazem em sentimentos negativos, como o ódio, a vingança, a avareza, entre outros, são automaticamente atraídos para as esferas inferiores, de onde são recolhidos por seu algoz, que os leva para seu domínio nas trevas. Ali, são entregues ao senhor desse algoz, que coloca tais espíritos em um calabouço junto de centenas de espíritos. Assim, a vingança prometida ao servo ou escravo está concluída. Esses pobres irmãos ficam em tal calabouço até esgotarem suas energias negativas, entenderem onde erraram e pedirem ajuda à Luz. Nesse momento, são imediatamente encaminhados para ela.

Nem sempre os espíritos que são vítimas de vingança caem nas armadilhas. Muitas vezes, por mais que os seres trevosos tentem — e até consigam — complicar a vida deles, esses espíritos sempre se voltam para o bem e encaram as dificuldades como provas pelas quais devem passar, na certeza de que tudo tem uma razão de ser. Por sua essência, dão graças ao Pai pela proteção e têm plena confiança de que tudo vai melhorar. Apesar de seu sofrimento, procuram ver o sofrimento do próximo e sempre encontram alguém que precisa de mais auxílio do que eles, jamais lhe negando um sorriso e sempre estendendo a mão. Dessa forma, a ação maléfica das trevas acaba os ajudando a evoluir espiritualmente e a consolidar seus alicerces. Esses são os verdadeiros vitoriosos da jornada terrena.

❦

Bem, depois desse aparte, volto a falar do trato. Como eu havia dito, o tal Diabo ofereceu-me tudo o que eu queria. E o mais importante: me garantiu que não existia ninguém mais poderoso do que ele. Disse-me que eu continuasse estudando e que viajasse para outros lugares, para aprender os muitos mistérios que existiam desde a Antiguidade. Não precisaria cortar laços com o templo, se assim o desejasse; pelo contrário, reafirmar esses laços seria muito importante em minhas andanças pelo mundo, pois, em alguns templos, havia sacerdotes que guardavam os mistérios pelos quais eu procurava. Apenas se eu me passasse por alguém que queria usar a própria força e poder a favor dos deuses, eles os abririam para mim.

O Diabo e seus servos já atuavam em vários templos, principalmente naqueles em que era feito o sacrifício de vidas, então seus sacerdotes eram servos dele havia muito tempo, ainda que não soubessem disso. Ele me orientou durante a preparação de meu juramento e me garantiu que sempre me protegeria na Terra e no outro mundo, quando eu partisse. Tudo era muito simples: bastava que eu lhe entregasse a minha alma.

Não pensei duas vezes. Eu sabia que já tinha visto aquele ser e acreditava estar falando com o Maioral — pelo menos era o que ele me havia feito pensar. Mais tarde, descobri que, na verdade, o Maioral comanda os nove infernos e jamais viria à Terra. Aquele era apenas um de seus inúmeros soldados, um comandante de extensa falange. Era poderoso, mas não chegava nem aos pés do Maioral.

De qualquer maneira, era um representante das trevas, dos infernos, e tinha autorização para angariar almas para seu senhor e aumentar suas falanges. Quando eu morresse, seria apenas mais um escravo, ficando acorrentado a qualquer um desses comandantes e tendo de trabalhar muito para as trevas, sem escolha, até pagar tudo o que tinha recebido deles na Terra.

Se, depois de ter pago a dívida, meu coração continuasse empedernido no mal, seria levado ao senhor do inferno em que estivesse para que minha fidelidade fosse testada. Ali, seria colocado em uma das falanges não como escravo, mas como servo ou soldado, e desceria cada vez mais os degraus da involução, até me tornar um comandante como aquele que estava fazendo o trato comigo.

Do alto de meu orgulho torpe, achava que sabia tudo, que, por possuir a clarividência, ninguém me enganaria. Acreditava que aquele ser de vestes pretas e bordadas com fio de ouro — os bordados eram símbolos que eu não conhecia — e usando uma coroa belíssima, que eu não tenho permissão para descrever, mas que não era real, apenas plasmada — apenas os senhores de inferno e o Maioral têm coroa, comandantes não — era mesmo o Maioral.

Assim, podia fazer o trato sossegado, pois, sem dúvida, o Diabo asseguraria minha ascensão a este mundo. Além disso, se eu fosse seu servo na Terra e arrebanhasse muitos adeptos, ao passar para o outro mundo, teria um lugar privilegiado, com servos que seriam exatamente os adeptos que eu estava determinado a conseguir.

<hr />

Como você pode ver, eu era um idiota, pois acreditava estar garantindo uma posição confortável nas trevas. Para mim, melhor trato não havia. Imagino que, para a Luz, aquele instante foi muito doloroso. Soube mais tarde que, havia muito tempo, moviam exércitos tentando chegar até mim. Por umas três vezes, antes do pacto, fui levado ao astral superior para me conscientizar de minha real missão, mas foi tudo em vão. Dizem que, da última vez, eu ri feito louco dos conselhos que me deram. Infeliz que eu era, fiz muitos chorarem.

Muito também se mobilizou para fortalecer aquela que viria ser minha parceira na missão gloriosa. Sua vinda foi retardada, e novos planos foram traçados, mas ela, espírito da mais pura fé e irradiando bondade, pediu para vir em tempo de tentar me recuperar para Cristo. Se eu não a acompanhasse na missão, que ao menos me arrependesse de meus atos, parasse de semear o mal e, quem sabe, ainda encarnado, desejasse reparar os erros que cometera.

Nesse tempo, começou, no astral superior, a preparação daquele espírito iluminado, que viria a este mundo para plantar a semente do evangelho redentor em um meio totalmente adverso, sem poder contar com aquele que deveria ampará-la — pelo contrário, ela teria de me neutralizar. Eu só a encontraria quando ela já tivesse entregado seu coração a Cristo, mais ou menos aos 16 anos de idade. Eu seria quase 30 anos mais velho do que ela, mas falaremos desse encontro com esse ser de luz mais adiante.

Cipriano
nem bruxo, nem santo, apenas
— um servo de DEUS —

7

ALGUNS DEGRAUS ABAIXO

Realizado e feliz com o pacto, segui meu caminho. O que já era fácil tornou-se ainda mais, uma vez que eu tinha à minha disposição uma falange de demônios. Com tudo a meu favor, ia construir meu reinado, minha era, reunindo o maior número possível de discípulos.

Até então, apesar de saber manipular a mente das pessoas e também as variadas formas de energia existentes no planeta, principalmente a dos sete elementos, ainda não havia me aprofundado na magia negra. Sabia de sua existência, no entanto precisaria do auxílio dos demônios para aprender a manipular as forças trevosas. Agora eu tinha esse amparo, e eles me ensinariam tudo o que precisava aprender.

Teve início, então, a última fase da descida de degraus para que eu tivesse poder aqui na Terra e no outro mundo. Eu ainda não tinha me dado conta da queda, achava que tudo valia a pena.

Aos poucos, tudo foi-me sendo ensinado nas longas conversas que tive com os vários demônios. Às vezes, eu reclamava a presença daquele que achava ser o Maioral. Ele vinha, mas, irritado, dizia:

— Cipriano, aprenda. Só assim poderei assisti-lo diretamente. Se um de meus soldados não satisfizer seus desejos, aí sim clame por meu nome, pois isso está em nosso trato.

Era justo. Eles os satisfaziam. Aprenderia tudo o mais rápido possível, me tornaria hábil na conversão dos jovens incautos. Não pretendia lhes fazer mal algum, apenas abrir para eles as portas do poder e da satisfação dos desejos. Eles, por sua vez, conseguiriam tudo o que quisessem; em troca, teriam apenas que me obedecer. Mais tarde, com calma, eu selaria o trato, garantindo-lhes proteção na outra vida contra a plebe perdida, que, por não ter poder algum, afirmava que o verdadeiro tesouro era outro, que a real felicidade era diferente, encontrada apenas no outro mundo — argumentos fracos de gente fraca, covarde e sem ambição que se escondia atrás de um pobre que morrera na cruz, traído por sua própria gente.

Só comecei a fazer discípulos quando me dei por satisfeito em meus estudos e retornei de minhas viagens. Rapidamente, muitos vieram. Naquele tempo, eu ainda não sabia que as energias trevosas atraíam para mim todos os infelizes, insatisfeitos, desejosos de vingança, de poder, de amores impossíveis, ou seja, todos os que se revoltavam contra qualquer bom princípio, além daqueles que eram fracos demais, assim como eu fui, para se rebelar contra os sentimentos negativos, passando a se comprazer neles.

❧⚹❧

Não vou contar pormenores das formas de magia negra que aprendi. Jamais foi de minha vontade, desde que houve a transformação, passar esses conhecimentos a alguém, fosse encarnado, fosse desencarnado. Se existem livros por aí que revelam algumas "receitas" — ressalto que nem tudo o que foi registrado nessas publicações é magia negra —, isso se deve a alguns de meus discípulos infelizes que memorizaram os ensinamentos e os registraram em seus manuscritos antes que se perdessem. Mesmo assim, com a graça divina, o tempo se encarregou de fazer com que essas "receitas" fossem distorcidas ao ponto de não serem como eram originalmente, em sua essência.

Infelizmente, quando se deseja o mal a alguém, basta ter um coração vil, com ódio, inveja ou qualquer outro sentimento negativo, para conseguir realizar seu intento: é a energia colocada no momento do pedido que dá "vida" à magia, ao sortilégio, ao sacrifício ou seja lá a que for. Essa energia negativa cria no astral uma cópia exata do trabalho realizado, que, nesse caso, é sugada pelos seres inferiores e direcionada ao destinatário.

Os trabalhos feitos para o bem funcionam da mesma forma. Impregnados da energia do amor, eles tomam a forma do pedido feito. Então, os seres de luz apanham toda essa energia benéfica e a direcionam para o necessitado, que certamente recebe toda a ajuda possível e permitida pelo Altíssimo — não temos permissão de interferir no livre-arbítrio dos irmãos encarnados ou desencarnados. Somos apenas intermediários da luz divina. Cada um recebe a graça de acordo com sua necessidade e merecimento.

O que os desavisados não sabem — e vai aqui um alerta — é que tudo o que se deseja de bem ou de mal fica registrado no astral. Se for para o bem, traduz-se em créditos de amor e caridade abençoada, mas, se for para o mal, a energia escura do ódio, da fúria, da vingança, entre tantas outras, ficará registrada como dívida.

No caso do mal, a vítima recebe a influência conforme as fraquezas de sua alma ou conforme as dívidas adquiridas em vidas passadas. Quase todos — se não todos — os encarnados têm doenças da alma. A energia negativa atua sobre eles, abrindo brechas e fazendo-os cair. Salvam-se e livram-

-se aqueles cuja fé no Deus Todo-Poderoso é firme, aqueles que carregam consigo o "amor ao próximo" — tão pregado, ensinado e exemplificado por Jesus.

A atuação maléfica pode fazer um grande estrago ou apenas alguns arranhões, conforme for, na encarnação atual, a posição da vítima diante das leis imutáveis do amor. É preciso ressaltar que de nada adianta ter fé se ela for radical. Também não adianta as pessoas terem fé, mas acharem que apenas elas estão certas e julgarem as outras de acordo com o templo religioso que frequentam. Essa fé é egoísta, orgulhosa, causadora de muito desamor, tudo o que Jesus não queria. Essas pessoas não praticam as leis do amor. Elas estão em constante falta, sendo alvos fáceis devido a sua ignorância.

No entanto, para a pessoa que desejou o mal a alguém, isso não importará no futuro, pois os seres que pegaram suas energias negativas para realizar esse mal a terão como um de seus devedores, ligando-se a ela por um cordão invisível aos olhos dos encarnados. A dívida dessa pessoa com tal ser trevoso fica marcada nas dobras do tempo, e, um dia, esse espírito terá que pagá-la. Como e quando pagará a dívida dependerá de outros atos em vida, de ter aberto os olhos para a verdade. De qualquer modo, um dia essa pessoa terá que pagar por todo o mal que desejou.

Por isso, pense muito bem antes de ir contra as leis divinas. Não se esqueça de que o Mestre disse que não passará um pingo de "i" ou um pingo de "j". Tudo tem que estar de acordo com as leis divinas, deve haver harmonização com essas leis, assim como é imprescindível uma reforma íntima sincera e bem alicerçada.

⊰⊱

Voltemos, porém, à triste história de minha vida, da qual não me vanglorio.

Como eu disse, rapidamente muitos vieram até mim, a princípio para fazer pedidos, os quais eu cobrava muito caro para satisfazer. Muitos apareciam apenas para pedir algo quando precisavam. Outros, encantados com o poder e o ouro fácil que eu ganhava, pediam para ser meus discípulos.

Acredito que, de início, nem os sacerdotes dos templos por onde passei, nem os professores que me ensinaram a manipular as essências da natureza perceberam o que acontecia. Viajei para muitos lugares e fui recebido em vários templos. Todos me passaram certos ensinamentos que eu só poderia ter adquirido nas conversas com os seres demoníacos. No entanto, era importante que meus conhecimentos partissem dos templos. Eu estava destinado a me tornar um grande sacerdote ou mago, mas, se meus conhecimentos não parecessem vir dos templos, eu correria um grande risco, chamando sobre mim a atenção dos sacerdotes. Eu não queria isso, preferia ficar oculto mais tempo possível. Sem contar que, infiltrando-me nos principais templos, eu tomava conhecimento de todas as fraquezas ali existentes, assim como das forças demoníacas que ali imperavam. A essas forças eu procurava apenas agradar, deixando os tratos para os demônios da falange daquele que eu achava ser o Maioral.

Eu estaria mentindo se não dissesse que, em minhas andanças, encontrei templos — confesso, bem poucos! — nos quais a maioria dos sacerdotes fosse voltada para o bem e acreditasse, de verdade, que os deuses eram justos. Em toda oferenda, junto com os grandes pedidos, incluíam o de perdão àqueles que os tinham ofendido, pedindo que a situação da plebe e dos escravos melhorasse.

Mas esses sacerdotes eram exceções. Geralmente, o que acontecia era o contrário: dentre os vários sacerdotes de um templo, havia alguns poucos voltados para o bem e a maioria voltada para os próprios interesses — e estes dominavam os templos. Nunca vi tanta hipocrisia, mas, se não passasse pelos templos para justificar a aquisição de meus conhecimentos, seria chamado de bruxo. Protegidos por seus postos, os sacerdotes faziam maldades em nome dos deuses, exaltando-os e fazendo até mesmo sacrifícios humanos em seus nomes. Com raras exceções, a maioria deles nem imaginava que ali não existia deus algum, apenas o demônio. Pobres daqueles que se escondiam atrás do sagrado para cometer as maldades, dizendo ser a vontade deste ou daquele deus. E depois bruxo era eu!

Eu lidava com os mesmos demônios, mas tinha plena consciência disso, pois, muitas vezes, durante os sacrifícios, via o ser demoníaco chegar e carregar a alma da vítima, a energia negativa, o plasma espiritual do sangue e alimentar com isso seus soldados e escravos.

Na época, havia apenas um fato que me intrigava: em alguns casos, pouco antes de o ser demoníaco pôr as mãos no inocente a fim de levar sua alma, soprava um vento que só eu sentia e que arrebatava a vítima, desaparecendo em seguida. Às vezes, o ser demoníaco ficava furioso; em outras, dava uma gargalhada, parecia saber perder. Eu ainda não sabia que aquele vento, uma espécie de redemoinho que era mais rápido do que o demônio, era a Luz levando para si aquele que a ela pertencia, por sua conduta de amor ao próximo e por seu coração puro. Mas isso eu — o Grande — não percebia, tampouco questionava a origem da ventania. Cego que estava, eu achava que era um ser demoníaco com mais poder do que aquele que tomava conta dos sacrifícios do templo.

Devo dizer que, em meu período de estudos, não passei apenas pelos templos. Também parei em alguns vilarejos e cidades com a finalidade de me encontrar com os bruxos locais, mas sempre mantive segredo sobre esses contatos. Além disso, tive contato com uma mestra bruxa em Babilônia, com quem aprendi mistérios inimagináveis. Contudo, não me apoderei de todos os seus livros, pois havia algo diferente naquela figura, um mistério que eu não consegui dominar — com certeza, ela sabia disso.

Para o bem dela, seu verdadeiro nome perdeu-se no tempo, e ela virou apenas uma lenda. A bruxa exigia que a chamassem de mestra — ela me disse que isso era porque não gostaria de ser invocada, depois de morta, por qualquer ser vivente a fim de atender a pedidos medíocres. Havia muito tempo ela escolhia as pessoas a quem atendia. No meu caso, antes de eu chegar ali, ela já havia sido avisada pelos demônios e permitira minha aproximação.

A bruxa mestra tinha pouquíssimos discípulos espalhados mundo afora. Na localidade onde morava, não admitia a atuação de outro bruxo, fosse homem, fosse mulher. Aos nativos da região ela ensinava até certo ponto, mantendo-os como servos ou escravos. Eles podiam atender aos pedidos de outras pessoas contanto que soubessem até onde podiam interferir sem sua autorização.

Ela reinava absoluta. Mas eu nada tinha a ver com isso, já que não era na Babilônia que eu pretendia atuar. Quando me informou que o meu tempo ali havia se esgotado, também me contou que seu fim estava próximo e que a região em que vivia ia encerrar aquele grau de bruxaria. Segundo me disse, igual a ela não existiria outra — não ali. Por isso, antes de eu ir embora, ela me entregou apenas um de seus livros. Eu sabia que ele continha registros de um tipo de magia de grau muito elevado, guardado a sete chaves, que jamais teria sido passado a seus discípulos locais. Ela me disse que sabia que eu levaria o livro para um lugar distante e que ele jamais voltaria àquelas bandas. Desse modo, punha fim ao seu ciclo: quando deixasse de viver neste planeta, aquela forma de magia avançada deixaria de existir na região. Ela deixaria aos seus discípulos apenas o que considerava simples, como um aluno que tinha acesso apenas à cartilha de alfabetização na escola.

A mim só restava ir embora. Já estava bastante cansado de viajar, de plantar meus demônios em tantos lugares, de absorver os novos demônios que ia encontrando pelo caminho, de atender aos pedidos escusos daqueles que me pagavam. Resolvi me fixar e, como dizem hoje em dia, "pôr as manguinhas de fora".

Todos os que me interessavam ou que poderiam me atrapalhar já estavam nas minhas malhas. Ninguém ousaria ficar contra mim.

Quando me considerei totalmente preparado, retornei à minha terra. Depois de me acomodar, chamei todos os meus discípulos. Aqueles que estavam espalhados pelos lugares para os quais viajei foram chegando aos poucos e se estabelecendo nos arredores. Encontravam-se comigo para aprender, mas não morar, pois não queria que tirassem a minha paz.

Fui dominando o lugar por causa do pavor que tinham de mim. Nobres queriam estar de bem comigo. Ainda que nada me pedissem, me davam muitos presentes. Aos poucos, a fortuna de minha família aumentava. Era tão fácil que até perdia a graça.

Eu amava uma boa peleja. Adorava quando algum infeliz se atrevia a me enfrentar. Quando não me concedia o que eu queria, era doce o sabor de destruí-lo e vê-lo rastejar até mim. Quantos partos eu amarrei, levando à morte as gestantes e seus infelizes rebentos. Quantas famílias destruí por vingança, por poder ou porque alguém me pagou para isso. Casais separados, famílias inteiras escravizadas por dívidas que não conseguiram pagar, tudo graças a mim. Homens e mulheres unidos por minhas magias. Mulheres que se entregavam a homens que elas jamais aceitariam até que estes se cansassem delas, simplesmente porque eu as enfeiticei. Homens mortos repentinamente para que suas viúvas ficassem com os amantes.

Nossa... seria impossível citar tudo o que fiz com meus poderes, somados com os profundos conhecimentos de magia adquiridos e o auxílio dos demônios. Claro, também me pagavam para curar, para levantar alguém da cama, para ter proteção nas guerras, nas disputas, nos duelos, mas tudo o que eu fazia era em nome do Maioral, tudo ia para a conta dele.

Com isso, me tornei assassino, ladrão, destruidor de lares, ardiloso, de certa forma estuprador e outros tantos adjetivos que preencheriam páginas e mais páginas deste livro. Fui tudo isso e mais.

Apesar de tudo, os céus nunca desistiram de mim. Antes de eu começar a viajar para aprofundar meus estudos, conheci um rapaz chamado Eusébio, que era cristão e me aconselhava constantemente a olhar para as grandes verdades do Senhor. Quando voltei de viagem, ele se tornou realmente incansável. Eu ria muito do que ele me dizia, não sabia muito bem por que o aturava.

Mesmo quando me juntei aos romanos na perseguição aos cristãos e fui implacável em denunciá-los, deixei meu amigo Eusébio em paz. Sempre havia um espírito amigo que os céus mandavam para me auxiliar, para fazer ver o abismo em que eu estava me precipitando. Eu, cego pela vaidade, não via nada, não percebia nada.

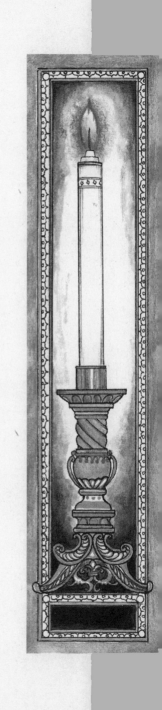

Cipriano
nem bruxo, nem santo, apenas
— um servo de DEUS —

MINHA SALVADORA

Agora farei uma pausa na narração de meus feitos para falar sobre o espírito que teve a maior importância em meu caminho.

Quando eu ainda estava estudando, indo de templo em templo, um espírito especial encarnou na Terra. Como expliquei anteriormente, deveríamos ter sido o amparo um do outro nesta missão. Todavia, devido a minha queda precoce, por ter me voltado para o mal ainda na infância, ela não reencarnou na época em que deveria. Assim, veio ao mundo quando eu já estava com quase 30 anos.

Nasceu filha de um casal da fidalguia e também idólatra. Eles só tiveram essa filha, porque o pai se casara já com certa idade com uma jovem que, ao dar à luz a criança, teve sérios problemas de saúde. Com isso, decidiram por bem não terem outros filhos, pois era assim que os deuses queriam.

Há cerca de um milênio, próximo à minha queda, esse espírito foi uma de minhas vítimas: na época, ela era minha mãe, e, apesar de tê-la em alta consideração, enciumado e acreditando que ela desejava derrubar-me do alto posto que eu ocupava no grande templo, tramei seu assassinato.

Esse espírito vagou na penumbra da raiva, que depois se transformou em mágoa. Então, foi recolhido em um posto da Luz no Umbral.[*] Por algum tempo, ela recebeu instrução e se preparou para recomeçar a escalada da evolução, voltando à Terra umas quatro vezes naquele milênio, em encarnações depurativas e redentoras, retornando sempre pronta para continuar evoluindo. Na última reencarnação, foi peça importante para o Cristianismo. Faltava a ela nosso acerto, algo que ela não havia conseguido quando era minha mãe: apoiar-me e me orientar no que se referia a meus dons mediúnicos, direcionando-me para a Luz e me transformando mais uma vez em um instrumento do Cristianismo.

---

[*] Conforme explica o espírito André Luiz, é uma das regiões inferiores do mundo espiritual na qual mentes ainda em descompasso com o bem se agregam por sintonia.

Antes de reencarnar, eu havia prometido que jamais permitiria que algo me afastasse do bem e do amor ao próximo, que manteria minha posição mesmo que escondesse isso dos meus pais e mestres, que tentaria lutar em nome do amor filial para afastar meus pais de atos bárbaros, principalmente do sacrifício humano.

Ela não demoraria a reencarnar. Deveríamos ter dez anos de diferença, mas, já aos dez anos, minha conduta mostrava que ela não conseguiria o amparo necessário de minha parte e, o mais importante, que não conseguiria me apoiar, nem me ajudar a ver a grande verdade.

❧❀❧

Como já disse, ela foi retida na espiritualidade maior. Por isso, aqueles que deveriam ter sido seus pais foram seus avós maternos, e aquela que deveria ter sido sua irmã mais velha passou a ser sua mãe, que, ao lado de seu pai, muito a apoiaria.

Toda a transformação, todos os planos foram mudados, porque eu abusei de meu livre-arbítrio, porque fraquejei na carne, porque cedi rapidamente à pressão. Mesmo que, de vez em quando, eu tivesse dúvidas sobre a forma como meus pais viam a vida, rapidamente as afastava e pensava o seguinte: se, mesmo daquela forma, eles tinham tudo o que queriam, era um sinal de que sua forma de viver era a mais correta e os deuses se agradavam disso.

Mas voltemos a ela. O espírito nasceu 20 anos depois do que deveria, com a missão de semear a fé cristã. Os pais dela, apesar de terem nascido e sido criados da mesma forma que os meus, tinham a semente da bondade no coração. Eles faziam parte daquelas famílias aristocratas que eram a exceção de que já falei, não cometiam atrocidades, como os meus. Idolatravam os deuses — o pai dela era um dos sacerdotes do templo, mas um daqueles que, embora não pudessem expor suas ideias, não concordavam com os sacrifícios humanos. Sempre que podia, ele fazia oferendas de flores e frutos em casa, pedindo aos deuses que aplacassem a ira contra a plebe e os escravos. Aos poucos, afastava-se mais e mais do templo, alegando motivos de saúde — já não se sentia bem ali.

Era incrível como a energia das imagens dos deuses que eles cultuavam em casa era totalmente diferente da energia das imagens cultuadas no templo. Uma vez que o casal só pedia o bem e não cometia atrocidades — na vida ou em suas propriedades —, se um vidente olhasse para essas imagens, ele veria formas iluminadas que recolhiam as essências das energias positivas dos moradores da casa, condensando-as e levando-as para o auxílio dos mais necessitados.

Perceba o que eu digo: os pais dela cresceram em um lugar onde o Deus da Verdade era desconhecido, mas seus corações bondosos, ao agirem com amor, chamavam espíritos benfazejos que beneficiavam a todos. Como eu já disse: o que cada um recebe é resultado de seu merecimento. Então, essa querida irmã pôde, desde o nascimento, desenvolver-se protegida pela Luz e pelo Amor, vivendo em paz. Ela e seus pais recolhiam para si os pensamentos contra aqueles que maltratavam a plebe, sabendo que, do contrário, o custo seria alto para eles.

Assim cresceu aquele anjo — para mim, será sempre um anjo! Foi a determinação dela na fé que me salvou de queda pior, de aumentar ainda mais minhas dívidas e vítimas. Acontece que esse anjo carregava um nome que, traduzido para a linguagem atual, como o meu foi (lembrando que a modificação foi muito pequena), significava "aquela que vem para a justiça, para fazer cumprir o justo". Seu nome era Justina.

Os pais de Justina a tinham em alta conta. Era filha extremosa e muito obediente, mas tinha um quê muito especial: quando sentia que algo devia ser feito, fazia independentemente das consequências.

Por volta dos 16 anos, a menina ouviu de um discípulo, um devoto, um diácono, ou chame do que quiser — a Igreja Católica põe nomes, mas eu não me prendo mais ao vocabulário antigo —, a palavra de Jesus. Seu coração reconheceu as palavras ouvidas havia tempos e não teve dúvida: depois disso, ela procurou a igreja local e tomou para si a fé cristã. Como ouvira contar que Jesus nascera da eterna Imaculada Maria, que era virgem e um exemplo a ser seguido pelas mulheres que desejassem ser portadoras da boa-nova, decidiu entregar-se totalmente a ele.

Justina chamou a mãe e abriu seu coração com ela. A genitora, que estava espiritualmente preparada para a missão da filha, aceitou prontamente sua decisão e encantou-se com aquele Cristo de puro amor. As duas foram juntas falar com o velho pai de Justina, que estranhou um pouco as novas ideias e quis ir, pessoalmente, ouvir uma pregação. Depois, ele desejou ficar sozinho para fazer um balanço justo de tudo o que ouvira, comparando esses ensinamentos com aqueles que pregava como sacerdote.

Chegou à conclusão de que não havia sentido em prestar homenagem a deuses criados pelos antepassados, pois ninguém sabia se alguém já os tinha visto. Além disso, eram deuses que, segundo diziam, viviam se enfurecendo, necessitando do sacrifício dos próprios servos para se acalmar. Por outro lado, Jesus pregou um Deus que tudo criou e pediu apenas que nos amássemos uns aos outros, soubéssemos perdoar e que passássemos a considerar que somos todos iguais. E, uma vez que Deus nos criou iguais à sua imagem e semelhança, Ele não nos considera servos, mas filhos, nos amando incondicionalmente.

Diante de tais ponderações, o pai de Justina abriu o coração e recebeu Jesus como filho iluminado do Deus criador de tudo e todos. A partir de então, ele e sua família se tornaram devotos praticantes e se batizaram. Estava tudo indo muito bem.

Passaram quase dois anos, e o pai de Justina, já com a idade avançada e o corpo cansado, desencarnou. Sua missão na Terra estava cumprida; contudo, ainda ficaram na estrada da vida suas amadas filha e esposa. Já naquela época, Justina dizia que não se casaria, que seu noivo seria Jesus e que ela espalharia sobre a Terra as bênçãos de seus ensinamentos, procurando sempre atuar entre as mulheres para que elas não se perdessem. Mas, como as trevas não se aquietam nunca e como a Luz queria me aproximar de Justina, permitiu que os seres trevosos fizessem Aglaide, jovem rico acostumado a ter todas as donzelas que desejasse, apaixonar-se por Justina.

O rapaz enlouqueceu diante das recusas constantes de Justina, que dizia ter Jesus como noivo. Desesperado, armou com alguns amigos uma cilada para tê-la à força, mas Justina lutou bravamente e seus pedidos de socorro fizeram com que várias pessoas a acudissem, colocando o rapaz para correr. Naquela altura, ele passara do desejo desenfreado a uma paixão louca que considerava amor.

Foi então que ele resolveu procurar por mim, o maior mago negro da época, para dar um jeito justamente naquela que viera para me salvar, a quem um dia eu envenenara, mas que havia me perdoado e que, além de tudo, reencarnara tendo como um de seus principais objetivos a minha recuperação dentro da missão divina que lhe foi destinada.

Cipriano
nem bruxo, nem santo, apenas
— um servo de DEUS —

9

CONVERSÃO

Como eu havia dito, Aglaide me procurou e me colocou a par de toda a situação. Eu, mais do que depressa, garanti ao rapaz que a teria. Depois de consultar os demônios, preparei e enviei um forte sortilégio para ela.

De algum modo, eu sentia que havia algo de diferente naquela moça. Sentia uma forte barreira que me impedia de entrar em seu mental. Sua sintonia sempre fugia, e aquilo me instigava a descobrir o mistério. Para mim, conseguir dobrar a vontade daquela menina era questão de honra.

Os demônios, por sua vez, iam e voltavam sem nada conseguir. Aquilo me exasperava. Certa vez, durante as orações noturnas de Justina, o demônio a cercou e colocou em sua mente a imagem do infeliz que a desejava, fazendo-a sentir um enorme desejo, como aquela alma pura jamais havia sentido. Justina, porém, reconheceu a ação demoníaca e se agarrou à cruz com tanta fé que fez com que o demônio saísse correndo apavorado. Foi dessa forma que eu o vi. Hoje dou risada, mas naquele dia fui tomado pelo ódio.

Aquele demônio era um incapaz. Outro se apresentou e fez o rapaz pensar que era uma ave e, como tal, acocorar-se no alpendre do quarto da donzela. Ao ver Aglaide ali agachado, a jovem ajoelhou-se e, com as mãos firmes em cima do crucifixo que carregava no peito, clamou por Jesus. Imediatamente, o demônio abandonou Aglaide, que, ao ver-se no alto em um espaço tão estreito, se apavorou e perdeu o equilíbrio, espatifando-se no chão. Apesar de tudo, a boa Justina rezou para que ele não tivesse ferimentos graves e logo se curasse.

E assim foi. Em pouco tempo, Aglaide já estava à minha frente de novo, me cobrando o prometido. Mancava um pouco, mas nada grave. Eu não havia desistido, estava apenas aguardando a melhora do rapaz para colocar em prática um novo plano: em vez de mandar turbas de demônios para cima dela, mandei apenas um servo meu, um discípulo, avisá-la que eu pararia de lhe fazer mal se ela aceitasse Aglaide como noivo. Caso contrário, ia jogar sortilégios no povo da vila, nos animais e nas plantações. Justina nem se abateu. Apenas disse ao meu servo que era noiva de Jesus, portanto não poderia casar-se com qualquer rapaz da Terra.

Diante da recusa, não hesitei e imediatamente fiz o sortilégio anunciado. Em questão de dias, a vila foi tomada por uma epidemia, e as pessoas adoeciam muito rápido. Curadores, médicos, benzedeiras, ninguém conseguia devolver a saúde da população. Era uma febre alta que ia e vinha, acompanhada de falta de apetite e um enorme enjoo.

Justina e sua mãe não foram afetadas. Com a ajuda das discípulas da jovem, davam assistência a todos os doentes que conseguiam. Quando alguns animais começaram a adoecer e outros a morrer, veio a praga que eu havia lançado nas plantações. Então, a mãe de Justina disse a ela:

— Você tem que reconhecer que o bruxo está agindo e que nem todos têm a sua fé, minha filha. Para muitos, a fé ainda não está alicerçada. Alguns pobres coitados ainda não atinaram com as verdades do Mestre, mas nem por isso devem sofrer ou morrer.

Justina, com o coração condoído, respondeu:

— É verdade, mãezinha. Que Deus me perdoe a teimosia e a cegueira. Agora mesmo me postarei aos pés de Jesus e a ele implorarei.

Mal declarou isso e, segurando o crucifixo, Justina prostrou-se ao chão e orou. Pediu, com todas as forças de sua alma, que todo o mal que estava sobre a vila fosse expulso dali em nome do Mestre Jesus. Depois, andou por toda a vila orando com o crucifixo na mão. Logo muitos começaram a segui-la. A jovem andou por muito tempo, nem sequer percebeu que a noite havia caído. Não sentia fome ou frio. Por fim, já eram altas as horas quando ela voltou para casa. Sua mãe, companheira fiel, a tinha acompanhado, e as duas traziam no coração a certeza de que o mal havia sido expulso dali.

Pela manhã, a vila estava com um aspecto diferente do dos últimos dias. Os moradores acordaram como se despertassem de um sono ruim, e o lugar parecia ter ganhado vida novamente. Tudo voltara ao normal, e a notícia de que Justina havia vencido o malefício do bruxo espalhou-se.

Ao saber do acontecido, fiquei furioso. Aqueles demônios eram uns incompetentes! Se pudesse, os teria esganado. Urrei tanto que o superior deles, aquele que eu pensava ser o Maioral, se apresentou. Então, expus a situação. Ele mesmo se prontificou a dar fim na questão. Dominou uma senhora e foi conversar com Justina.

Ao chegar à casa da jovem, a "senhora" fingiu-se interessada nos ensinamentos cristãos. Disse que desejava viver em castidade e, mansamente, perguntou por que Justina não se casava, uma vez que o próprio Cristo havia feito seu primeiro milagre em um casamento. Justina respondeu que não tinha nada contra o casamento, mas que pretendia consagrar sua vida ao amor ao próximo, como o Mestre. Se tivesse marido e filhos, não teria liberdade para fazê-lo.

A "senhora", estampando um sorriso bondoso, começou a falar sobre os deveres da mulher na Terra e o quanto a maternidade era importante. Falava de um jeito que dificilmente alguém da vila usaria. Dominava muito bem o assunto, e sua mansuetude era até irritante. Justina, desconfiada, agarrou-se ao crucifixo que carregava em seu peito e mostrou-o ao demônio, declarando:

— Em nome de Jesus, afaste-se de mim e abandone esta pobre senhora, de quem não é dono!

O demônio saiu desembestado e veio ter comigo. Foi logo chegando e dizendo:

— Peça-me o que quiser, Cipriano, mas, pelo menos por enquanto, esqueça essa tal Justina. É melhor para todos que ela fique do lado de lá e nós fiquemos do lado de cá. Ela não é nossa!

Fiquei revoltado. O que era aquilo? Como uma jovem que nada sabia sobre magia, que não se entregava aos deuses, que era fraca de corpo podia ter forças sobre os demônios e sobre ele, o comandante? Perguntei a ele, quase explodindo de raiva:

— Quero a verdade: o que dá a ela tanto poder? É aquele crucifixo? Ou ela também fez um trato? Você precisa me dizer. Afinal, eu dei a minha alma para você!

Eu exigia uma explicação racional. Não era burro, e ele sabia disso. Agora que a dúvida estava plantada, ou ele me satisfazia ou me perdia. Sem saída, com uma expressão grave, disse:

— Preste atenção: não é o crucifixo que ela carrega. Muitos carregam um parecido, e eu os perverto mesmo assim.

E ela não fez nenhum trato. A questão é que ela acredita de verdade naquele símbolo, que é a marca do Cristo Nazareno e do próprio Jesus. Mesmo que ela não carregue crucifixo algum, terá sempre todo o poder sobre o mal.

Eu estava boquiaberto. Naquele momento, percebi que havia sido enganado. Não queria nem pensar que a culpa era minha, que eu é que tinha fechado os olhos e os ouvidos. Queria o poder sobre a Terra, que meus semelhantes se curvassem aos meus pés. Queria tanto que me deixei enganar. Orgulhoso, não queria ver ou aceitar a verdade. Comecei a esbravejar com aquele que eu pensava ser o Maioral. Ele tentava me acalmar e ganhar minha confiança novamente:

— Deixa de ser burro! Na Terra, existem muito mais pessoas como você do que jovens como ela. Esquece Justina e os dela. Vamos atacar aqueles que continuarão a servi-lo. Como lhe disse antes, seu lugar está reservado no inferno. Lá, terá todo o poder.

Sem pestanejar, retruquei:

— Ah, sim... terei todo o poder até encontrar uma cruz verdadeira pela frente. Você me enganou. Saia daqui! Não quero um senhor que está em segundo lugar. Quero o poder de verdade. Quero conquistar o mundo e os céus. E quero você, seu demônio mentiroso, e seus comparsas, corja imunda, longe de mim e da minha vida!

Depois que eu disse aquilo, o demônio atirou-se sobre mim. Só um vidente veria a cena. Um ser humano normal veria apenas um homem deitado no chão empurrando o vazio, tentando tirar algo do pescoço. O demônio tentava me estrangular. O ar me faltava, e eu tinha momentos de ausência que duravam alguns segundos. De repente, me lembrei de Justina. Pensei em como ela salvou não só a si mesma, mas também toda a vila apenas com a fé que tinha naquela cruz. Tudo aquilo passou rápido em minha mente. Então, clamei bem alto pelo Deus de Justina, pela marca da cruz em sua alma, por sua fé, e pedi que eu fosse libertado.

Imediatamente, o demônio comandante e toda a corja que o seguia viraram uma fumaça negra, que entrou no chão e desapareceu. Respirei aliviado.

Na mesma hora, peguei todos os meus manuscritos e fui procurar meu querido amigo Eusébio, que acreditava no Deus de Justina, que sempre me advertia e que havia tentado me aconselhar tantas vezes. Lembrei-me do quanto eu tinha rido da cara dele, do quanto tinha sentido dó do rapaz. Nunca me perguntei por que ele insistia tanto, por que não tinha horror ou medo de mim e, principalmente, por que nunca havia me irritado com ele e mandado meus demônios lhe darem uma lição.

Hoje eu sei a resposta: assim como Justina, ele era um espírito que eu conhecera em outras vidas e que também viera para a Terra em missão redentora. Nele, a fé no Deus Todo-Poderoso já fora alicerçada havia muito tempo. Nossa amizade e nosso companheirismo eram de longa data, mas, na reencarnação em que caí, um milênio antes, ele se manteve estável — não caiu, nem evoluiu. Naquele milênio, porém, tinha evoluído muito, livrando-se dos resquícios que os defeitos da última encarnação haviam deixado em sua alma. Eusébio estava realmente curado.

❈

De imediato, ele não acreditou muito em mim, e com razão, pois conhecia minhas artimanhas. Achou que eu só quisesse alguma informação para prejudicar alguém. Coloquei meus livros aos pés dele e ajoelhei.

— Começo por você a pedir perdão.

Então, contei-lhe todo o ocorrido. Eusébio tinha uma luz diferente nos olhos, uma luz que eu não havia percebido antes. Mesmo lacrimejando, seu olhar era do mais puro amor.

Quando ele, enfim, começou a acreditar no que eu dizia, pensamos juntos em uma forma de eu aprender o mais rápido possível tudo sobre aquele Cristo de Amor, sobre quem tanto haviam tentado me falar. A partir daquele momento, comecei a trilhar o caminho de Cristo. Tinha pressa naqueles estudos, precisava reparar meus erros. As vidas que eu havia tirado não tinham mais jeito, mas precisava livrar aqueles que ainda estavam sob efeito de minhas magias.

Depois de conversar longamente com Eusébio, fui até a paróquia cristã. Entrei e fui ter com o bispo. De imediato, ele pediu que eu me retirasse da igreja. Estava receoso de minhas intenções, pois eu já havia prejudicado muitos cristãos para ganhar crédito com os sacerdotes e com os romanos. Naquele momento, eu me ajoelhei diante dele e pedi perdão por tudo o que havia feito.

Eu havia combinado com Eusébio que queimaria os manuscritos na frente do bispo, por isso depositei-os aos pés e contei-lhe tudo o que havia acontecido nas últimas horas. Ele era um bom homem, um verdadeiro cristão. Tocado pela humildade com que fiz aquilo, pediu que eu queimasse os livros na frente da igreja, o que eu fiz com o maior prazer.

Logo comecei a frequentar a paróquia. Na primeira vez que fui, bem no final da pregação, todos aqueles que ainda não eram batizados foram convidados a se retirar. Deviam ficar ali apenas aqueles que, tendo aceitado o Cristianismo com sinceridade em seus corações, haviam se batizado. Em vez de me retirar, fui até o bispo e, me ajoelhando diante dele, implorei pelo batismo. Ele disse que tudo tinha seu tempo certo, mas não me convenceu, pois a impaciência era uma característica dominante de minha personalidade. Continuei alegando que precisava do batismo. A verdade era que eu sabia que o demônio ainda me tentaria muito.

O bispo acabou apiedando-se de mim e me batizando. A Igreja havia me aceitado, eu havia me tornado cristão. Doei meus bens para os pobres, principalmente àqueles que eu havia feito ficar pobres, e comecei a aplicar o evangelho do

Cristo. Muitos se espantavam, tinham medo, achavam que por trás de minhas palavras e ações estava um demônio. Mas eu demonstrava com atitudes, dava exemplos.

Entreguei-me avidamente aos estudos. Apliquei-me de tal forma que, um ano depois, fui feito sacerdote, e não demorou muito para me tornar bispo. Naquele tempo, além dos estudos, eu também trabalhava bastante, pregava a palavra do Cristo e fazia caridade ao próximo. Precisava desfazer os malefícios que havia feito.

Aos poucos, fui desfazendo os males, praticando o bem. Com o conhecimento que eu tinha das artes demoníacas — aceite a Igreja ou não —, fiz muitas orações para afastar os demônios, para curar os doentes e proteger as pessoas contra as forças maléficas.

Já convertido, escrevi um pergaminho sobre magia branca para a realização do bem e para o desmanche de trabalhos de feitiçaria. Chamei meus discípulos e tentei convertê-los também. No começo, eu exorcizava os seus demônios. Então, com a mente deles liberta, tentava plantar com amor a semente do Cristo. Nessa parte, não fui muito feliz: alguns se compraziam na maldade, tinham o coração vil, haviam nascido com uma semente do mal muito forte. Esses diziam que eu havia enlouquecido, riam da minha cara, mas não tinham coragem de enfrentar a cruz. Alguns poucos aceitaram, mas a maioria o fez com reservas.

Cipriano
nem bruxo, nem santo, apenas
— um servo de DEUS —

10

O ENCONTRO COM JUSTINA

Sem dúvida, eu queria estar com Justina. E como queria! Mas tinha muita vergonha. Não vergonha por ela ter me vencido — não mesmo, porque eu sabia que quem me vencera fora Cristo —, mas do mal que eu tinha tentado causar a ela. Como pediria perdão? Para os outros era fácil, para ela não. Entretanto, eu sabia, bem lá no fundo, que a ela eu devia muito mais que aos outros.

Um dia aconteceu — um dia muito abençoado para mim. Fui procurá-la, não podia mais adiar. Ao ser recebido por Justina, postei-me aos pés dela. Ainda tinha minha vidência, por isso consegui enxergar a luz a sua volta. O brilho forte me ofuscou, e, então, eu percebi como era pequeno perto dela. Meu deus, eu havia tentado acabar com a vida daquela mulher! Havia tentado destruí-la, entregá-la a um homem com as intenções mais vis.

Visivelmente sem jeito com a minha atitude, ela tentou me ajudar a levantar. Eu disse que não, que não era digno. Então, com toda a candura do mundo, ela me disse:

— Então me obriga a ajoelhar-me também, pois perante o Pai somos todos iguais. Curvemo-nos sim, mas para o Criador, para o Cristo Nazareno.

Tentei retrucar:

— Mas, senhora, eu...

Ela interrompeu a minha fala e pôs-me de pé. Olhando em meus olhos lacrimejantes, continuou:

— Hoje eu recebo o maior presente dentre todos os que já recebi. Está diante de mim alguém que, estando perdido, se encontrou, que, estando preso às artimanhas do demônio, se libertou e, então, se entregou totalmente ao amor de Cristo, tomando a humildade como prioridade em sua vida.

Se eu disser que, se morresse ali, o faria em júbilo total, talvez ninguém acreditasse, mas era assim que eu me sentia: em um céu de inigualável beleza. Se todos vissem o mundo espiritual que eu enxergava, entenderiam o que eu digo. Era a volta do filho pródigo.

Tentei pedir perdão, mas ela não me deixou nem sequer começar a contar o que aconteceu. Ficamos algum tempo apenas trocando impressões sobre o Cristianismo nascente e a necessidade de fincarmos as estacas, uma vez que o alicerce na região ainda estava bastante fraco.

Justina me disse que precisaria de minha ajuda junto ao bispo para amparar espiritual e materialmente algumas mulheres. Por terem se tornado cristãs, elas haviam sido expulsas de seus lares. Havia também algumas escravas que fugiram de seus donos sanguinários, que não admitiam cristãos a seu serviço. A situação era crítica para todas as mulheres e ainda pior para aquelas que já tinham filhos, que muito as preocupavam: se caíssem nas mãos dos maridos, elas nunca mais os veriam, e só Deus sabe o destino que eles teriam.

As preocupações de Justina eram válidas. Ela abrigava o máximo de pessoas que podia na casa de seus pais. Na época, sua mãe já havia falecido, então ela transformara seu lar em um abrigo. Contudo, necessitava do amparo da igreja, pois já estava sendo ameaçada por ser mulher e estar no comando da casa. Apesar daquela situação, alegrei-me em poder ser útil a Justina. Em breve, teria uma posição melhor na Igreja, pois estava estudando muito, mas já ia pedir por ela junto ao bispo.

❧❀❧

Nossas vidas nunca mais se separaram. Justina e eu éramos o amparo um do outro nas dificuldades e nas perseguições.

Cada qual servia ao Cristo em sua seara: ela se tornou diaconisa, e, assim que pude, eu a promovi a chefe do convento de moças, tornando-a abadessa. Nem sabia ao certo se podia fazer isso. Estudava as leis de Cristo, não as da Igreja. Já existiam outras moças que haviam se entregado a Cristo espalhadas pelo mundo. Justina, por seu plantio, sua fé e seu amor a seu semelhante, estava mais do que preparada para fazer o mesmo.

A Igreja passou a apoiá-la aberta e totalmente. Foi uma época muito feliz para mim, mas sabia que a qualquer momento seríamos chamados para dar testemunho. A perseguição aos cristãos era aberta, e tudo era motivo para prendê-los, açoitá-los e humilhá-los.

Justina e eu, no entanto, parecíamos invisíveis. Nossa seara crescia e dava frutos; esses frutos davam sementes, que voavam para longe e, dessa forma, fazia mais searas germinarem. Tudo acontecia muito rápido, então não tínhamos tempo de ter medo, receio, cautela. Tínhamos fé e sabíamos que, na hora certa, no tempo certo, ela nos levaria aonde deveríamos estar.

❧❦❧

É desnecessário dizer que, por muito tempo, fui tentado pelo diabo. Algumas vezes, os demônios me preparavam emboscadas, mas eu nunca mais caí em suas artimanhas.

A fé que eu tinha e a força que Jesus me dava me deixavam imune aos ataques.

Pelo fato de estarmos tão envolvidos com o trabalho cristão, nenhum de nós percebeu que os sacerdotes do templo dos deuses estavam irados conosco porque doávamos nossos bens a quem necessitasse, não importando se fosse cristão ou não — com fome, sede e dor, é difícil enxergar o amor de Deus. Justina e eu sabíamos disso, então nos considerávamos ferramentas do Pai para saciar a fome e a sede do corpo e da alma. Além disso, estávamos propagando o Cristianismo entre os seguidores dos deuses, conseguindo que muitos se convertessem. Para eles, eu era o terrível bruxo que ninguém vencia, mas que havia sido vencido por aquela mulher que não fazia magia, apenas tinha uma fé imensa no Nazareno crucificado.

Agindo da forma como agíamos, exemplificando os ensinamentos cristãos, mostrando claramente que o Deus que pregávamos considerava todos iguais, dávamos a maior prova de Seu poder e do poder de Seu filho bem-amado, que fora por nós imolado e, mesmo assim, perdoara a todos.

Os sacerdotes perceberam que eu não agia mais de forma escusa, que eu não aceitava fazer o mal em troca de tesouro nenhum, e ficaram irados. Devo dizer que muitas pessoas me procuraram para isso, algumas por conta própria, outras a mando dos tais sacerdotes, que pretendiam fazer-me voltar a ser quem eu era. Com isso, queriam mostrar àqueles que haviam se convertido ao Cristianismo por minha causa que eu era uma fraude, que usava o Cristo para, mais tarde, aprisioná-los em minhas artimanhas. Nada surtiu efeito, pois, naquele tempo, minha conversão já era sincera.

❧❧❧

Gostaria de deixar bem claro, entretanto, que nem sempre foi assim. Não me converti por amor, me converti porque não era burro, porque havia percebido que Deus era o mais poderoso e que Jesus de Nazareno era seu representante. Fui mais uma vez, embora por pouco tempo, em busca do maior poder. Mas então, quando comecei a receber os ensinamentos do Cristo, a ter exemplos vivos do que ele pregava, fui aos poucos sendo invadido por um amor imenso por ele. Era esse amor que ele passava para todos indiscriminadamente, através dos olhos de seus discípulos; era esse amor que eu havia visto nos olhos de Eusébio, nos do bispo e, mais tarde, nos de Justina.

Quanto mais eu fazia o bem em seu santo nome, melhor eu ficava. Sentia uma leveza ímpar. Aquilo tudo era de uma beleza imperceptível aos olhos terrenos. Fiz amigos espirituais carinhosos que nada me pediam e, o melhor, sempre me desculpavam. Muitos deles me advertiam sobre o meu gênio terrível: eu precisaria domá-lo, algo que me custou muito treino, mas fui persistente e consegui aos poucos me controlar. Como converteria os irmãos se persistisse em meu gênio voluntarioso? Nem sempre haveria de conseguir de imediato o que queria. A paciência é uma virtude a ser praticada constantemente, senão colocamos a carroça na frente dos burros e pronto: tudo desanda!

Muitas vezes, eu ouvia os apelos de Justina, dos companheiros de luta e dos amigos espirituais:

— Paciência! Tudo virá a seu tempo, respeite o tempo de cada um. Se o Pai dá o livre-arbítrio, se Jesus respeitou o tempo de cada um, quem somos nós para não o fazer? Paciência!

Eu era muito feliz naquele tempo. Notava as mudanças em mim e a minha volta e agradecia a graça recebida sempre que podia.

11

TESTEMUNHO FINAL

Após tantas tentativas dos sacerdotes para me derrubar, a paciência deles havia terminado. Procuraram o governador da região e começaram a fazer denúncias: segundo eles, por minha causa e por causa de Justina, o povo, sempre tão pacato, começara a ter ideias de fazer um levante.

O governo precisava dos sacerdotes para manter o povo na coleira e não permitiria que esse levante se concretizasse, pois ficaria muito mal perante o imperador. Por isso, o governador resolveu pedir algum tempo para conduzir uma investigação. Então, os sacerdotes recuaram: não havia levante algum. Mas, como já havia, entre a aristocracia, alguns nobres que começavam a simpatizar abertamente com nossa causa e se atreviam a nos defender no templo, os sacerdotes chegaram à conclusão de que a coisa já tinha ido longe demais. Eles arrumaram falsas testemunhas e levaram-nas ao governador. Elas lhe deram certeza absoluta de que, se eu e Justina renegássemos ao Cristo e voltássemos para os deuses, o levante cogitado seria desfeito e todos voltariam à submissão de sempre. Ah, a velha e boa intriga... Até hoje surte efeito naqueles que se voltam apenas para o poder e não enxergam um palmo diante do nariz.

Assim, um dia fomos presos, não sem antes sofrermos muita humilhação. Muitos chamaram essa data de dia negro, mas, para mim e Justina, foi um dia de muita luz, pois estávamos prestes a alicerçar solidamente o Cristianismo nos corações já convertidos e lançar a semente em muitos outros.

Eu achava justo que me humilhassem, pois meu passado era terrível. Justina, por outro lado, sempre foi só amor. Eu sentia muita pena ao vê-la nas mãos desumanas dos soldados, sofrendo humilhações e atrozes torturas para ter sua vontade enfraquecida e renunciar a Cristo.

Também fui torturado, porém bem menos do que ela. Acredito que, por ser mulher, acharam que ela cederia primeiro e eu a seguiria. Ou que então, para salvá-la, eu renegaria a Cristo. Minha renúncia era a mais importante para eles — afinal, eu era o tão temido bruxo que se convertera. Eu é que tivera todos em minhas mãos, então deveria ser a grande decepção para os novos convertidos, que recuariam em sua fé. Acredito que, se eu não tivesse me unido a Justina, se tivesse ido embora daquele lugar e ido pregar em outras bandas, ela não teria sido presa daquela forma.

Sofremos todo tipo de tortura por inúmeros dias. Por vezes, não nos davam comida; em outras, nos davam água suja para beber e evitar que desmaiássemos. Podíamos até morrer, mas antes tínhamos que renegar a Cristo.

Pobres coitados! Não sabiam que estavam sendo assistidos: havia uma imensa plateia espiritual da Luz, atrás da qual seus demônios se encolhiam, o que não os impedia de sugerir no mental dos torturadores todo tipo de dor e constrangimento.

Não vou descrever tudo o que foi feito, mas posso dizer que Justina ficou desfigurada, tendo a boca destruída, pois os torturadores se concentraram muito no rosto dela. Quanta dor eu senti ao vê-la daquele jeito! Eles também a chicotearam muito.

Contam que eu tive minhas carnes rasgadas por um chicote com dentes de ferro, e isso é verdade. Imagine o que o chicote na mão do brutamontes que a açoitava fez com aquela carne tão macia... Não sei mensurar a dor que ela sentiu, mas sei o que vi. Justina transformou-se em uma massa de sangue e dor. No fundo, eu sabia que se concentrariam nela, que era "a cristã que conseguira enfeitiçar o terrível bruxo", então também me culpava por seu sofrimento.

Um dia, decidiram que iam nos matar. Naquele tempo, nem eu nem ela sabíamos que o Pai tinha outro propósito: que levássemos a semente do Cristo ao imperador e suas terras. Prepararam tudo para nos cozinhar vivos. Por favor, não acredite que fomos colocados em um caldeirão fervente — não que o Pai Todo-Poderoso não tivesse poder para isso, mas Ele sempre age da forma mais natural possível.

Dou boas gargalhadas quando vejo alguém lendo isto e acreditando ou quando um crédulo conta a alguém essa versão criada pelo governador, que queria fortes argumentos para nos mandar para a Nicomédia, já que ficara com receio do acontecido, que eu explicarei a seguir.

Fomos despidos e preparados para o testemunho. Firmávamos a mente em Jesus, grande era a assistência espiritual a nos dar força. Esperaram o caldeirão ferver, e, quando isso aconteceu, um dos sacerdotes resolveu fazer uma encenação de poder: debruçou-se sobre o imenso caldeirão e, então, algo o deixou cego, impedindo-o de perceber que seu peso viraria tudo em cima dele. O sacerdote morreu cozido.

Não tenho culpa de terem resolvido enfeitar a história — que assim seja! —, mas posso afirmar que nem eu nem Justina chegamos a entrar no caldeirão. Com certeza foi Cristo quem nos salvou; apiedou-se de nós por sermos condenados a uma morte tão terrível, mas também queria nos levar às terras do imperador.

Imagine a confusão! Os sacerdotes começaram a espalhar que fora a minha magia que matara o infeliz do sacerdote e não queriam nem a mim nem Justina por lá, nem mesmo para nos matar. Em meio ao clima de terror instalado, o governador enviou uma carta ao imperador dizendo que, usando o artifício da feitiçaria da fé cristã, havíamos matado o sacerdote e, por isso, estava nos enviando para ele.

Chegando ao local com tais recomendações, não tivemos muito tempo para pregar as palavras de nosso amado Jesus. Fomos presos imediatamente. Na cela, ambos fizemos o que podíamos para converter os outros presos e os soldados. De início, eles nos consideravam loucos, mas, com o tempo, talvez por dó por estarmos tão feridos e ultrajados, acabaram tendo paciência para nos ouvir.

Já o imperador não quis nem isso. Ele nos condenou à morte por decapitação. No fim do dia de nossa execução, Justina e eu fomos colocados lado a lado. Um dos soldados abandonou a espada e, ajoelhando-se à nossa frente, disse:

— Pai, eu creio! Há algum tempo tenho ouvido as pregações cristãs, mas foram vocês que abriram meu coração. Sou cristão.

E, não satisfeito, gritou para os quatro cantos:

— Sou cristão!

Foi imediatamente decapitado, e seu ato foi considerado alta traição.

Pedi aos soldados que executassem primeiro Justina, com a desculpa de que queria orar. Na verdade, não queria que ela visse minha cabeça rolando, pois isso poderia enfraquecê-la. E assim foi feito.

Não olhei para ela no momento da decapitação, mas, segundos antes de sua morte, trocamos um olhar significativo e pude ver que aquele brilho especial em seus olhos estava mais aceso do que nunca. Ela amava ainda mais a Cristo e a todos os seus semelhantes, fossem cristãos ou não cristãos, vítimas ou algozes.

Depois dela, era a minha vez. Eu não sentia medo, queria apenas que tudo terminasse logo. E assim foi.

Não posso dizer o que aconteceu na Terra depois de minha decapitação, porque não fiquei ali. Tive a experiência mais bela de toda a existência de meu espírito desde sua origem, há milênios. Mas, para contar essa parte, abro um novo capítulo: o de minha vida espiritual.

Cipriano
nem bruxo, nem santo, apenas
— um servo de DEUS —

12

RETORNO À PÁTRIA ESPIRITUAL

No momento de minha decapitação, ainda não sabia que, antes que meu coração parasse de bater, eu seria recolhido por mãos amigas que me enlaçariam. A sensação que senti foi de que parecia voar e de que, rapidamente, me afastavam daquela cena triste.

Estava preocupado com Justina, mas logo soube que o mesmo havia ocorrido com ela. Pouco depois, estávamos eu e ela em um mundo lindo. Ali, as cores resplandeciam em beleza, havia um riacho límpido e cristalino, a relva era de um verde muito especial e flores de mil espécies, com cores vivas e perfume sutil que nos inebriavam os sentidos.

Eu estava envergonhado, pois errara muito na Terra. Justina logo percebeu a minha falta de jeito e meus olhos baixos. Como de costume, veio em meu auxílio:

— Cipriano, um dia todos erramos. Ninguém foi perfeito. Entregue-se aos desígnios do Mestre!

Antes de seguirmos para a recuperação necessária a todos os que voltam da labuta terrestre, o Pai Amado permite àqueles que quiserem abraçar os recém-chegados que o façam. Devo dizer que tivemos uma recepção muito calorosa. Justina e eu não nos aguentávamos de emoção, vertíamos muitas lágrimas de pura felicidade — ainda hoje choro ao me lembrar daquele dia.

Fomos para a recuperação, cada qual para um departamento, pois, em meu espírito, havia feridas diferentes das que machucavam o espírito dela. No meu havia chagas que haviam sido abertas ao longo da vida por causa de minhas ações amparadas pelos demônios. Mesmo após a minha conversão, continuavam ali, pois só muito tempo na Luz possibilitaria fechá-las. As chagas de Justina eram pequenas feridas causadas pelo cansaço normal da luta terrena. Ficavam superficialmente em seu perispírito,* não chegavam ao espírito dela.

Passei um bom tempo ali. Aos poucos, fui me refazendo e sendo preservado do ódio de algumas de minhas antigas

---

* Segundo a doutrina espírita, trata-se de uma espécie de envoltório fluídico que liga o corpo ao espírito. [Nota da Editora, daqui em diante NE]

vítimas, de alguns discípulos que não me ouviram quando me converti e que, ao desencarnarem, se tornaram escravos dos demônios que me assistiam, bem como dos seres trevosos que me convocavam para medir forças.

No entanto, o verdadeiro senhor das trevas, o Maioral — seu verdadeiro nome está muito bem escondido e só bem mais tarde me foi informado —, aquele que eu nunca tinha visto e que nunca tinha vindo até mim, reclamava que eu recolhesse meus caídos de lá.

Na época, estranhei o fato de ele não querer medir forças, porém, mais tarde, descobri que ele é uma arma na mão do Altíssimo e sabe disso, assim como sabe que é filho de Deus tanto quanto nós. Por amá-Lo demais, julga-se no direito de castigar todos que O ferem por meio de atos e sentimentos insanos, que ele considera atos de desamor para com o seu Pai. Evidentemente, ninguém lhe deu esse direito, mas, como todos têm livre-arbítrio, até mesmo ele acabou caindo e indo parar em um trono no nono inferno. De lá, ele comanda tudo, absorve o ódio dos humanos desumanos, alimentando-se dele e usando-o para castigar as pessoas.

❦

Não, não estou defendendo o Maioral. Ao contrário. AMAR AO PRÓXIMO COMO A TI MESMO é uma lei divina que ele, que tanto ama ao Pai e odeia quem pratica o desamor, acaba transgredindo. Mas, como nada se perde e tudo se aproveita, os que caem pela maldade, por seus emocionais conturbados, precisam esgotar sua negatividade para depois serem redirecionados, por isso seres como ele acabam fazendo isso. Um espírito de luz não teria coragem de esgotar o emocional de um espírito voltado para a maldade, pois saberia que, para isso, teria que lhe causar sofrimento e seu amor ao próximo não lhe permitiria agir assim.

Quero deixar claro que, onde quer que um espírito esteja, se clamar sinceramente pelo Pai, é imediatamente liberado para seguir rumo à luz e será recebido por um guardião da Lei.

Mas não se preocupe. Graças a Deus, existem muitos lugares onde os seres são esgotados, onde podem cair em si quanto aos erros que cometeram e arrepender-se, voltando-se para a Luz e desejando ser socorridos. Nem sempre esse lugar é o inferno. Existem muitos tipos de Umbral para onde são levados os que têm faltas mais leves, aqueles que não têm a maldade enraizada em si. Ser atraído para este ou aquele lugar depende da energia emanada por cada espírito. Por isso é tão importante o carma final,* quando a pessoa adoece e,

---

* O carma exprime a lei de causa e efeito, porque é a cruz que todos carregamos durante a vida terrena e espiritual. Fica mais leve à medida que reduzimos a parte negativa de nossa personalidade moral e aumentamos a parte positiva que nos leva à redenção. Contudo, fica mais pesado à medida que a imprevidência, a preguiça, a displicência ou a falta de vigilância se multiplicam. A expressão "carma final" se refere ao último carma que o espírito encarnado precisa resgatar na Terra. É ele que leva o espírito ao desencarne.

por vezes, fica algum tempo adoentada. Nesse período, ela pode cair em si e se dar conta de muita coisa, modificando sua energia. Então, será imediatamente socorrida e levada para um pronto-socorro espiritual, onde receberá tratamento, sendo redirecionada para continuar sua escalada evolutiva. Tudo é muito complexo, mas é só o que posso dizer, pois não posso deixar de seguir o que a Lei me ordena.

⚜

Mas voltemos ao Maioral. Ele começou a reclamar que eu recolhesse meus caídos, pois, de acordo com a sua justiça, se eu era a causa da queda desses espíritos e eu havia conseguido me voltar para a Luz, nada mais justo do que eu procurar meus caídos e proporcionar a eles a chance de fazer o mesmo. Achei que ele tinha razão, e meus orientadores me disseram que, em parte, sim. Contudo, eu ainda não estava preparado para recolher ninguém, precisava aguardar.

Com o tempo, fui tomando consciência de outras vidas. Reconheci amigos, irmãos, pais e mães que tive. De repente, lembrei-me de um filho que tive em uma encarnação mil anos antes da última e sabia que ele tinha sido a alavanca para que eu desejasse evoluir, refazer o caminho, chegar pelo menos ao grau em que estava antes de cair feio e arrastá-lo comigo.

Cipriano
nem bruxo, nem santo, apenas
— um servo de DEUS —

13

O ENCONTRO COM A VERDADE

Eu ainda me lembrava do ódio que me levou a matar minha mãe. Esse mesmo ódio havia feito meu filho cair nas trevas. Naquele tempo, ensinei tudo a ele. Eu era um poderoso mago em um grande templo: o Templo Dourado, na região dos amarelos.* Para quem não sabe, esse foi um dos últimos templos voltados para magia "branca" sobre a Terra, que resistiu por muitos anos, e sempre foi um templo da Luz, do bem. Pelo menos até então.

Agora livre da culpa das encarnações mais antigas, uma vez que pagara grande parte das dívidas nas três encarna-

---

* O autor se refere ao continente asiático. [NE]

ções anteriores e que, na última, tive a bênção de ter acesa em mim a luz do Cristo, percebi o grande erro que cometera: eu me entregara ao ódio por causa de uma traição que sofri e que, erroneamente, pensei ter partido de minha mãe.

Eu me casara bastante jovem, como convinha para um mago do templo na época. Quando enlouqueci, tinha 40 anos, e meu filho já estava com 22. Jamais desconfiaria dele, mas hoje sei que meu filho havia se unido aos magos negros que vinham aterrorizando a região. No templo, que, na época, tinha muita influência na vida do povo, nada era resolvido sem o consentimento do conselho de magos, por isso os magos negros queriam seu controle.

Sem que meu filho soubesse, eu andava usando magia negra, mas apenas para dar fim aos inimigos do templo. Era a forma que eu havia encontrado para manter-me no poder e, ao mesmo tempo, impedir a invasão dos magos negros — estes, com certeza, destruiriam o povo, pois usariam seus conhecimentos para subjugá-los.

Isso eu não fazia, pois sempre desejei o bem da comunidade. Optei por usar magia negra como defesa. Era um pequeno mal para evitar um mal maior. O que eu ainda não sabia é que essa escolha e o assassinato de minha mãe me arrastariam para um abismo sem fim.

Como meu filho havia se unido aos magos negros, passava a eles todas as informações preciosas, até mesmo a tática que pretendíamos usar, amparados por nossos guardiões, para proteger o templo de qualquer ataque.

De repente, nesse ponto das minhas memórias, caí em mim: meu filho tão amado era o traidor. Nossa, como eu chorei! Ninguém conseguia me tirar da tristeza que me consumia. Fiquei assim por dias. Justina veio me procurar — aquele anjo me socorria mais uma vez. Sentou-se do meu lado e me contou:

— Amigo, filho, irmão em Cristo, sossega seu coração! O pobre do seu filho, a duras penas, esgotou seu emocional nas trevas. Foi recolhido em frangalhos pela Lei. Pobre irmão! Levaram-no imediatamente para um pronto-socorro espiritual ali mesmo nos limites das trevas com o Umbral. Ali, ele passou uns 50 anos até que estivesse em condições de ter sua primeira reencarnação. Foi uma encarnação compulsória, sem planos de missão. Ele ficou apenas dois anos na Terra, o suficiente para recompor seu mental ainda perturbado. Depois disso, voltou para o mesmo pronto-socorro, que o encaminhou para o pronto-socorro que fica no limiar entre o Umbral e a Luz, pois já havia melhorado bastante. Então, recebeu alguns ensinamentos e retornou para a vida terrestre, onde hoje é uma criança. O Pai perdoou-lhe as atrocidades. Imita o Pai e perdoa seu filho!

— Querida irmã, tenho chorado e estado muito triste. Mas não porque não o perdoo... quem sou eu para não o perdoar? Mas porque pensei que ele ainda estivesse nas trevas. E, como os irmãos dizem que ainda preciso aguardar antes de prosseguir, achei que não poderia alcançá-lo por enquanto.

— Então não precisa mais chorar. Seu filho renasceu em um lar humilde e sofrerá a dor da miséria. Ganhará o pão a duras penas, mas terá a oportunidade de receber a semente do Cristianismo. Hoje ele é Amâncio e vive em um lar na Lusitânia. Nasceu sem dons mediúnicos, mas com grande intuição. Não era um espírito totalmente voltado para o mal. Já havia galgado alguns degraus rumo à Luz. Antes daquela encarnação, habitava como espírito um posto de trabalho na crosta, mas, quando reencarnou como seu filho, o poder subiu-lhe à cabeça. Apesar da traição e de ser o responsável pela morte de muitos entre seu povo, tinha créditos com o Altíssimo pelo bem que fizera a um povoado em uma encarnação anterior. Ainda em vida, havia se arrependido, mas foi fraco e cometeu suicídio em vez de reparar seus erros. Só a forma como morreu já o levaria para o Vale dos Suicidas, onde passaria um bom tempo até arrepender-se do ato, mas tinha o agravante de ter passado a odiar os magos negros. Substituíra o remorso pelo ódio, culpando-os por tudo, julgando-se enganado. O ódio que ele sentia era a energia de que seus inimigos das trevas precisavam para puxá-lo para lá.

Após uma breve pausa, Justina continuou:

— Após você, meu amigo, descer à carne pela segunda vez, ele começou a receber alguma ajuda, e, muito lentamente, o remorso foi acendendo dentro dele novamente. Isso o fez esquecer o ódio e derramar lágrimas copiosas. Então, ele bradou por ajuda e foi imediatamente socorrido. A partir daí, você já está ao par.

— Querida Justina, por que nunca me disseram que ele já havia sido recolhido?

— Ninguém mentiu para você, se é o que pensa. Na verdade, ele foi recolhido no início de sua terceira encarnação e voltou à carne depois de 50 anos. Nessa época, você estava voltando para nós, e, como sua última encarnação havia sido longa, seu esquecimento do que se passou em outras vidas perdurou. Então, nada lhe foi informado porque você precisava da alavanca do amor a seu filho para se manter firme em seu propósito. Devo lhe dizer que entre sua última encarnação e o final desta já se passou pouco mais de um século.

— No século passado, enquanto estava no pronto-socorro do Umbral, ele serviu muito à Luz e, nos últimos 80 anos antes de descer à Terra, ajudou a recolher muitos irmãos que se libertaram do poder das trevas. Por desejar voltar à Luz, trabalhou muito, pois, antes de reencarnar, queria salvar o maior número de irmãos possível para aliviar sua culpa por ter causado a morte de tantos antes. Na Terra, ele terá todo o amparo necessário e voltará vitorioso como o soldado de Cristo que se tornará — concluiu Justina.

Nossa, ela falara sem parar. Claro que quis ir ver meu filho. Já estava com dez anos de idade, era inteligente e esperto. Sua família trabalhava na lavoura, um excelente local para aprender a dar valor a toda vida existente no planeta. Desnecessário dizer que acompanhei de longe toda a sua reencarnação e, como Justina havia dito, nós o recebemos com as glórias de um guerreiro vitorioso em suas batalhas, como um soldado de Cristo.

Mas antes de seu retorno, logo que voltei de minha primeira visita a ele na Terra, senti que era minha vez de decidir o rumo a tomar. Meu Pai, eu tinha tantos caídos para recolher... O pior é que na Terra ainda havia muitas pessoas que me adoravam como bruxo e seguiam meus passos insanos, então acabavam caindo também. Dessa forma, o número sempre aumentaria — na verdade, aumenta até hoje.

❧❁❧

Bem mais tarde, a Igreja Católica resolveu consagrar-me Santo. Mas preciso esclarecer que decidiram isso simplesmente porque havia mais adeptos do bruxo que do Cipriano convertido, do crente em Jesus que me tornara. Assim, tornar-me santo era o melhor a fazer para afastar tantos adeptos do bruxo. A Igreja confiava em sua força.

Como nada é por acaso, o Altíssimo intuiu os padres sobre isso. Eu não era santo, mas aquela adoração ao bruxo acabaria fazendo mais adeptos do mal, ou seja, mais caídos que eu teria que recolher. Com a consagração, o bruxo caiu um pouco no esquecimento.

No entanto, devo dizer que até hoje trabalho um bocado para abrir os olhos daqueles que me invocam para o mal e trabalho outro tanto para tentar impedir que eles façam vítimas com o famoso "livro preto", que eu queimei, como já disse, mas que alguns seguidores infelizes refizeram meio à moda deles.

Justina continua sendo, para mim, a luz que me salvou e me sustenta até hoje. Ela, sim, se existisse tal grau de santidade na espiritualidade, mereceria esse grau. A Igreja Católica a consagrou santa e com muita justiça, pois a luz dela é imensa. Mas os homens mal se lembram de evocar seu nome, são poucos os que o fazem. Preferem evocar a mim para suas maldades e, mesmo que peçam para o bem, se esquecem de que, antes de mais nada, devem pedir a Deus. Sem Ele, nada sou, pois sou o que sou por Ele.

Lembre-se: peça sempre a Ele que permita a este servo que ajude, se for a vontade do Pai Maior. É assim que tem de ser. Eu não tenho grau de santo; não teria mesmo que esse grau existisse. Sou um espírito em evolução, que trabalha para Cristo na linha da magia, sempre defendendo a Lei Maior, desmanchando a maldade feita em nome da magia negra ou de qualquer designação que deem.

Não sou um "amor de espírito", porque, na minha atuação, sou subalterno da Lei e não posso cobrir os erros de ninguém. Direciono para o resgate no Umbral ou em outro lugar conforme o merecimento de cada um, e isso quem determina não sou eu, pois não julgo meu próximo; quem determina é a Lei Divina, que é imutável e muito bem representada. Aqueles que levo para resgate lá ficam até que seu emocional seja esgotado, a ponto de clamarem por Deus, para então serem recolhidos.

Entre minhas obrigações, faço questão de colocar a defesa dos inocentes da Terra que são atacados por seres infernais que desejam paralisar suas missões de luz, como fizeram comigo um dia — e cedi, devo dizer, sem dar qualquer trabalho, pois as facilidades da vida me agradavam.

Gosto também de atuar entre os fiéis de Cristo para ajudá-los a manter sua fé e a espalhar a semente da fraternidade, tão escassa nos dias de hoje, neste mundo de expiações. Atuo com esses fiéis independentemente da religião que sigam. O importante é o amor que propagam.

Tenho o maior prazer quando recolho dos umbrais, das zonas de esgotamento ou das trevas aqueles que para lá levei e os direciono. Nisso geralmente tenho a ajuda de Justina, que muitas vezes atua nas falanges que combatem os demônios na Terra.

Quanto trabalho ela tem! Justina é incansável em suas tarefas e não pensa duas vezes antes de descer do lar abençoado a que tem direito e ir ajudar na Terra ou em qualquer outro lugar. Geralmente apaga sua luz para não parecer superior a ninguém e recolhe os espíritos como se fossem feridos de guerra. Sofre terrivelmente quando tem que ver alguns deles serem levados às zonas de esgotamento. Jamais se esquece deles, e suas falanges estão sempre prontas para recolhê-los. Ela comanda muitos postos de socorro espalhados por toda a espiritualidade, até mesmo postos avançados nas trevas.

Como ela faz questão de dizer, somos trabalhadores da extensa lavoura do Senhor. Não nos preocupamos com a fé que cada um professa dentro de sua religião. Tentamos direcioná-los ao amor ao próximo, à fraternidade. Assim, recolhemos espíritos com todo tipo de fé e também os ateus. Não interessa se são seguidores do Cristianismo, Islamismo, Budismo, Hinduísmo ou outra religião. De que isso importa? Não tem importância, porque todos são estágios que cada espírito precisa atravessar até se conscientizar da Verdade Maior, até chegar a nosso amado Jesus Cristo, que nos abre todos os mistérios ao dizer que não há mistérios, apenas Deus Onipotente, nosso Criador, que só quer que nos amemos, pois Ele, antes de mais nada, é o Deus do amor.

Eu teria muito mais a passar, a revelar, mas só tenho permissão para chegar até aqui. Lembre-se sempre de que os espíritos voltados para Deus trabalham arduamente em qualquer religião, em qualquer fé. Usamos a roupagem necessária para não ferir este ou aquele vidente que possa nos ver e não entender.

É importante dizer também que não se deve correr atrás de desvendar os mistérios. Tudo de que você precisar para esta encarnação será trazido até você.

Nada é por acaso, tudo tem um motivo. Creia: nada será feito apenas para um, pois o Pai sempre age com um propósito maior.

Gostaria de deixar mais uma vez registrado que não sou santo e que essa hierarquia não existe no plano espiritual. As pessoas ficariam surpresas ao saber quantos santos já reencarnaram para dar continuidade a sua evolução, para resgate e também em missão redentora, socorrendo a muitos.

E as orações que lhes fazem? Não se preocupe! Sempre existirão espíritos evoluídos para acatar suas preces e direcioná-las. Nenhuma manifestação de fé é em vão. Você nunca ficará desamparado, pois a fé é tudo. A fé é a maior força do espírito encarnado ou desencarnado. Aliada ao amor sincero, é uma arma imbatível.

Amo a todos e ainda tento controlar aquele gênio ruim de que sobraram resquícios. Muitos não acreditarão que sou eu, nem acreditarão na mensagem passada neste livro, mas isso não importa. Até hoje, alguns não acreditam em Cristo, e isso para mim importa, pois hei de levá-Lo, com meus irmãos de fé, para os quatro cantos do planeta. Esse é meu único sonho, minha razão de luta. É por isso que estou aqui hoje, deixando estas poucas linhas.

Fique na paz do Senhor e, se quiser fazer alguma coisa para este vosso amigo, por favor, não me chame de santo, não me chame de são. Eu sou, para mim, para vocês, para o mundo, para as esferas espirituais, apenas:

CIPRIANO, UM SERVO DO SENHOR.

Áspargos,
psicografado por Luconi

Este livro foi composto com a
tipografia Calluna 11/16,5 pt e impresso
sobre papel pólen natural 80 g/m²